문학과지성 시인선 608

사랑과 멸종을 바꿔 읽어보십시오

유선혜 시집

문학과지성사

문학과지성 시인선 608

사랑과 멸종을 바꿔 읽어보십시오

초판 1쇄 발행 2024년 10월 28일
초판 5쇄 발행 2025년 2월 6일

지은이   유선혜
펴낸이   이광호
주간   이근혜
편집   유하은 허단 김필균 이주이 윤소진
마케팅   이가은 최지애 허황 남미리 맹정현
제작   강병석
펴낸곳   ㈜**문학과지성사**
등록번호   제1993-000098호
주소   04034 서울 마포구 잔다리로7길 18(서교동 377-20)
전화   02)338-7224
팩스   02)323-4180(편집) / 02)338-7221(영업)
대표메일   moonji@moonji.com
저작권 문의   copyright@moonji.com
홈페이지   www.moonji.com

ⓒ 유선혜, 2024. Printed in Seoul, Korea

ISBN   978-89-320-4327-2 03810

문학과지성 시인선 608

사랑과 멸종을 바꿔 읽어보십시오

유선혜

시인의 말

그러나 나는 기어이 써버리는 사람

논리도 없이
비약만 있는 미래를 꿈꾸고
망해버린 꿈들을 죄다 옮겨 적는 사람

이걸 토하지 않으면 어떻게 살아가죠?

2024년 10월
유선혜

사랑과 멸종을 바꿔 읽어보십시오
차례

시인의 말

1부

괄호가 사랑하는 구멍

삶에 대해 자꾸 논하고 싶은 게 제가 걸린 병이에요. 잘
못된 선택이 모이면 그 인생은 대체로 슬퍼집니다. 제일
슬픈 일은, 자신이 슬픈 줄도 모르는 거예요. 가끔씩 빌라
입구에 나와 사료를 주는 인간이 자기 부모인 줄 알고 살
아가는 고아가 된 짐승처럼요. 자려고 누우면 괄호 쳐버
린 많은 일이 떠오릅니다. 일찍 자기. 아침에 일어나기. 적
당히 먹기. 적당히 근육과 관절을 움직이고 적당히 울기.
매일 머리를 감고 하루에 30분 이상은 햇볕을 쬐기. 어제
는 머리가 간지러워서 잠에서 깼어요. 두피에 난 상처를
박박 긁다가 손톱 밑에 피가 꼈어요. 딱지가 지면 바로 뜯
어버렸어요. 가여운 딱지. 머리에 구멍이 났어요. 제가 키
우는 귀여운 구멍이랍니다. 조금 더 커지면 야옹 하고 울
지도 몰라요. 참을 수 없어서 머리를 감았습니다. 샴푸를
눌러 짜서 거품을 내기 위해 팔에 힘을 주는 일이 조금 어
렵게 느껴졌어요. 머리카락이 빠져서 수챗구멍을 막았습
니다. 그래요, 아무 데나 괄호를 쳐서는 안 되죠. 적당히
쳐야 해요. 괄호 쳐야 하는 것은, 가령 세계의 의미나 인생
의 허무에 대한 과도한 망상 같은 것. 내가 사실은 두 발
이 변색된 인형이라거나 밤하늘이 흰색 콘크리트 벽에 큰

빔 프로젝터로 쏜 그림자라거나 우리 외할아버지가 어딘
가에 살아 있어서 내 소식을 몰래 듣고 있을 거라는 생각.
그런 생각들은 머릿속의 구멍을 점점 크게 만듭니다. 딱
지가 질 시간도 안 주고. 쥐약을 잘못 주워 먹고 죽어가는
고양잇과 생물처럼, 궤양이 생기고 마는 그것들의 위처럼,
경련을 잠시 일으키다 이내 가만히 있습니다. 쥐가 아닌
생물을 위해 쥐약을 치는 사람은 없습니다. 배가 너무 고
파서, 뭐든 입에 넣고 보는 선택이 우리를 슬퍼지게 만드
는 거겠지요.

내 여자친구를 소개합니다

　내 여자친구는 비만입니다. 온 세상이 고통이라서 허기에 늘 집니다. 우리는 방이 두 개고 화장실이 하나인 집에서 빨래를 개고 있었습니다. 그녀는 목이 죄다 늘어난 티셔츠를 접다가 포근한 보리수보다 헤픈 바다를 사랑해서 단맛보다 짠맛이 좋다고 이야기합니다. 그녀의 미소 짓는 얼굴은 염주보다 동그란데 모든 일이 헛되고 무상해서 새로 돋아날 수가 없고 그래서 다이어트할 겨를이 없다고 합니다. 박자보다는 삶의 입자를 쪼개느라 의미 없는 댄스가 싫다고 합니다. 우리는 창밖을 보고 있었습니다. 아홉 번 태어난다는 포동한 고양이를 보고 있었습니다. 그녀는 전생으로 돌아가면 틀림없이 다시 태어나지 않을 겁니다. 적어도 우리로는 태어나지 않을 겁니다. 그녀 없이는 아무것도 설명할 수 없어서 미안하다고 하자 인자하게 웃으며 더 나은 위로는 없느냐고 합니다. 한밤중에 불이 켜진 부엌에서 라면을 끓이다가 어떻게 겨우 네 글자로 영원불멸을 적을 수 있냐고 묻습니다. 물이 끓으면 그녀는 부드러운 손짓으로 가스 밸브를 잠급니다. 그러고는 라면의 면발이 지방으로 가는 인과의 고리라고 속삭입니다. 그녀는 살에 있어서는 관념론자입니다. 슬픔이 잦은 나를 위해 매일 밤 침대에 눕고 서러운 명상에 젖어 나를 안아줍니다. 그녀의 외로운 팔뚝은 혼자인데 자유자재입니다. 내 여자친구는 온 세상이 걸려 있는 그물의 시작입니다. 방이 어두워집니다. 그녀는 책상 앞에 앉아 스탠드를 켜고 뾰족하지 못한 글씨체로 자기소개서 위에 씁니다. 취미는 살아 있기, 특기는 고요하기라고요.

흑백 방의 메리

우리는 새집으로 이사 올 때 빨간 화분 하나를 샀다. 그 식물의 원래 이름은 알 수 없었고 메리라는 이름을 지어주었다. 잎이 무성하지는 않았다. 메리 메리 부르면 좋은 일이 일어날 것 같았고

햇빛이 비스듬히 들어오는 창가에 메리가 있었다. 빛이 메리를 두드리고 메리는 빛을 모두 먹어치웠다. 물을 주면 잎은 점점 늘어났다.

메리는 평생 좁은 방에 갇혀 흑백의 세상을 보지만 이 세상의 모든 물리적 사실을 아는 천재 과학자입니다.*
너는 언젠가 이런 내용의 논문이 있다고 말해주었다.

너는 자주 일상의 방법을 잊어버리곤 했다. 잘 자라고 문을 닫으며 인사하고, 올바르게 연필을 손에 쥐고, 변기를 사용한 뒤에는 커버를 내리고, 양파를 먹기 좋게 자르고, 양말을 뒤집어놓고, 화분에 물을 주는 그런 방법을

우리가 이 집에 익숙해질 때쯤

너는 나에게 말을 거는 방법을 잊어버리게 되었다.

커다래진 메리의 잎사귀를 유심히 보다가
어느 순간부터 메리가 우리를 배우고 있다는 것을 알아
챘다.
메리는 우리의 무채색 목소리를 모두 받아 적고 있었다.

기억을 먹고 메리는 거대해졌다. 균열하는 분위기와 침
묵 속에서 천재가 되었다.

물을 주는 일을 멈추고 싶었다.
지금 너는 방으로 돌아오는 그 좁은 골목을 기억하지
못하고

방에는 여전히 빛이 조금 들어오고 있었다. 물을 주지
않아도 메리는 그 빛 덕분에 더 오래 살 수 있을지 모른다.
빛이 얼굴을 관통한다. 메리는 벌써 창문의 절반 정도를
가리고 있어서 밖이 잘 보이지 않았다.

메리 메리

메리 메리, 불러도 아무 일도 일어나지 않았다.

* Frank Jackson, "What Mary Didn't Know", *The Journal of Philosophy*, Vol. 83, No. 5, The Journal of Philosophy, Inc., 1986, pp. 291~95.

하얀 방

해변에서 옮아온 모래가 이불 위로 흩어진다. 모래는 이불 주름 사이로 모여서 일정한 흐름을 만든다. 지나치게 짧은 손금 같다.

우리는 입학을 앞두고 있었다.
축하해야 할 일이었다.

밖이 잘 보이는 깨끗한 객실을 빌렸다. 하얗다는 인상이었다. 방의 커다란 직사각형 유리창이 바다의 목덜미를 잡고 있었다. 우리는 아무 말도 하지 못하고 구경만 했다.

놓치고 있다는 기분이 들었다.

너는 모든 시작을 기념해야 한다고 여겼다.
우리는 해가 지기를 잠잠히 기다리다 폭죽을 들고 바닷가로 갔다. 불을 붙이고 폭죽을 쏘자 불의 알갱이들이 하늘로 올라갔고 모래 위에 우리의 그림자가 성처럼 쌓였다가 무너지기를 반복했다.
빛이 시야로부터 질문을 흐리게 지워주고 있었다.

폭죽 하나가 불량이었다.

갑자기 우리를 향해 터질까 봐 들여다볼 수 없었다. 우리는 쓰레기봉투를 들고 푹푹 꺼지는 모래사장을 가로질러 흰 방으로 돌아왔다.

그날 밤에는 모래를 제대로 털지 않고 잠들었고 심장 주름과 혈관 사이로 모래가 흘러 들어와 두근거릴 때마다 거슬리는 꿈을 꾸었다. 꿈속에서 긴장한 손은 땀이 차서 엉망진창이었고 나는 입학식을 하고 있었다. 수많은 학생 사이에 불량품처럼 뻣뻣이 서서 알지도 못하는 교가를 웅얼거리는 와중에 머리가 터질 것 같았다.

아침에 일어나 객실을 떠날 때가 돼서야 알게 되었다. 우리는 우리의 주인이 아니다. 우리가 이 방의 주인이 아닌 것처럼.

혼자 있는 사람

살인 청탁을 받은 사람이 적당한 가격을 한참 고민한
다. 근데 모기 하나도 못 죽이는 사람.

밀실에서 누군가를 없애면 방에 혼자 남는다. 어떻게
들어왔는지 모르겠는데 나가는 법도 잊어버린다. 그럼 또
혼자 남을 텐데, 조금 외로워지는 사람.

주어 자리에 부사를 넣어서 누군가를 없앨 수는 없다.
부사는 자신을 수식할 수 있지만 사람이 될 수는 없다. 슬
픈 부사.

공원에서 사람을 죽이면 벤치가 목격자가 된다. 그럼
벤치에 앉아서 한참 벤치를 달래줘야 한다. 벤치도 혼자
있느라 예민해서 좀 번거로운 일이다.

완전범죄에 골몰하는 사람 곁에 노숙자가 다가온다. 그
는 누구에게도 체포되지 않는 법을 알고 있다는데, 다른
노숙자들과 똑같은 생김새가 되면 된다. 수염을 기르고
벙거지를 쓰고 소주병을 한 손에 쥐면, 노숙자들은 모기

도 심지어 파리도 잘 때려잡는다.

　혼자 사는 사람은 거지가 되어볼까 생각했지만 그들의 천막이 감옥의 방과 다를 바가 없다는 생각에 이내 그만둔다.

　공손한 무사도에 어울리게 살인을 저지르고 싶은 사람, 죄는 저지르되 신사적이고 싶은 사람, 무단 침입의 형량을 계산하느라 의뢰 내용을 죄다 까먹은 사람, 죽여야 하는 사람을 생각하다가 혼자 사는 것 같지 않아서 기분이 좋아진 사람, 근데 혼자 있는 사람.

Nirvana

너는 록스타가 될 수 없어

작은 공연장에서 열린 록밴드의 공연을 보며 너는 토할 것 같은 기분을 느꼈지 지나치게 큰 소리는 귀가 아닌 발로 듣는다는 이야기가 있다 기타리스트가 허리를 젖히고 미간을 찡긋거릴 때마다 어쩐지 위장이 뒤집히는 느낌이었고

발끝으로
둥둥거리는
소리가
심장으로 옮겨 와

누군가 네 심장을 주물럭거리는 느낌이었지 씻지 않은 손으로 심장을 주물거리는 그것의 존재를 너는 이미 알고 있었다 식은땀이 났고 그들은 네가 가장 좋아하는 곡을 연주하지 않았어

너에게 어울리는 장소는 차라리 동굴이었다

어두운 방으로 돌아온 너는 헤드폰을 끼고 인간이 들을 수 없는 주파수로 연주를 시작했지 어둠을 연주하고 혼자를 연주했지 네가 될 수 있는 것은 차라리 한 덩어리의 돌이었어

눈이 없는 돌
오로지 귀만 있는 돌

소리로 앞을 보며 보지 않으며 오로지 소리로 동굴을 인식하며 너는 천장에 붙어 있는 록밴드의 포스터를 모두 찢어버리고 싶었고

그때 네가 들은 것은 어린 영혼의 잡음
그것은 땀이 덜 마른 티셔츠에서 퍼지는 악취와 같았지

너에게 어울리는 포즈는 차라리 턱을 괴는 것이었다 오른 다리를 왼 다리에 올리고 너는 검정의 코드를 짚었지 둔해진 손가락은 마음대로 움직여주지 않았지만

너는 점점 굳어갔어
돌로 만든 불상처럼
벽만 바라보던 돌부처처럼

오로지 소리로 존재하는 시간 동안
너에게 반사되어 온 것은 내면의 파동이었지
네 심장을 움켜쥐고 있는 시선 누구보다 너를 잘 아는
너의 시선 너를 놓아주지 않는 너의 속 너의 안 너의 방 너
의 내면이
반사되어 너에게 돌아오는 시간 동안

너는 어둠을 견뎌야 했지 부드러운 손아귀를 견뎌야 했
지 그토록 태워버리고 싶던 이 세상에서 모든 빛이 꺼질
때까지 불 지르고 싶던 네 마음이 사라지는 순간까지

딱딱하게 굳은 몸으로
아무도 듣지 못하는 파동을 연주하며
견뎌야 했지

석탑에 갇혀 있는 불경의

서러움과

아득함으로

마주 보지 않고

말하자면, 섬과 섬 사이에도 땅이 있다.
우리는 여기서 저기까지 걸어서 갈 수 있지만
계속 여기에 서 있고

파도가 바다 쪽으로 흘러가면 다시 돌아오길 기다렸다.

피가 거꾸로 흐르면 안 되잖아. 심장에 있는 판막은 혈
액이 거꾸로 흐르지 않고 한쪽 방향으로만 흐르도록 해준
다. 우리는 정해진 방향으로만 서로를 바라보고

나는 우리의 언어를 오해하지 않기 위해 애쓰고 있다.
바다는 하늘과 아무래도 다른 채도지만

흐름이 틈새를 서서히 실어 나른다.

섬의 공기는 고막을 뚫고 고요를 만들고. 나무 나무, 풀
풀, 돌 돌, 구멍이 나버린 숲 숲, 그리고 귀 귀

찰랑인다는 말을 고르고 싶지는 않은데 꽤 선명하게 보

이는 걸 어떡해. 목소리가 섬과 섬을 가로막고 있잖아. 저기까지 걸어서 갈 수도 있다.

머리끝까지 젖고 말 테지만.

피는 전승되는 거잖아. 네가 노루의 엉덩이가 하얗다고 말하면 나도 이내 그 말을 알아듣고 노루의 엉덩이를 빤히 바라보게 되는 것이 우리들의 마음이야. 근데 소리들은 모두 어디로 갔을까.

해안에는 부서진 조개껍데기와 유리가 흩어져 빛난다. 발이 유리 조각에 맞닿아도 상처가 나지 않을 수도 있는 거 아니니. 굳은살이 시간을 막아줄 수도 있다. 사이에도 틈이 없을 수 있다. 빛이 제멋대로 번지고 아무것도 끝나지 않는다. 우리는 말이 없다.

사이비 리듬

행성이라고 불린 적이 있어요
얼음과 돌과 먼지와 구름이
온통 뒤엉켜 생겨난
내 심장은 가짜랍니다

태양을 오래도록 바라본 후
눈을 감으면
잔상의 색은 초록

그것은 태양의 색과 반대입니다
징그럽게 눈꺼풀 위에서 꿈틀대는

유충과 비슷합니다
그러나 아니에요

지구의 온도는 생명이 살아남기에 적당합니다
빛과 너무 멀지도 가깝지도 않기에
선을 넘지 않는 법을 똑똑히 알아서
죄다 녹아내리거나 얼어붙지 않는 행성에서

인간이라고 불린 적이 있어요
짝다리를 짚고 있다가
한 대 맞아 찌그러져
기울어진 궤도를 가진 내가
겨우 밥을 먹고 사랑을 하고 잠을 자요

인간과 비슷합니다
그러나 아니에요

몇십 시간을 하루로 알고
영하의 체온을 가진 이곳에서는
어떤 알도 부화할 수 없어요

겨울잠에서 깨지 못하고
동사한 벌레 떼가
나를 도는 위성입니다

잔상은 망막세포의 착각

어둠 속에서 기억을 더듬거리는
못난 세포들을 떠올립니다

거짓과 비슷합니다
노래와 비슷합니다
불규칙한 박자에 맞춰
끔찍하고 괴상한 주기로 회전하는
햇볕 아래서 증발하고 있는 나는요

이상한 리듬이
이상한 내 몸의 리듬이
내 몸의 리듬 때문에……

너, 작작 좀 해

그러나 아니라고요
내가 태어난 가장자리는
얼어 죽을 만큼 추워요
거기에 아닌 것들이 많습니다

물어뜯기

손톱에서 피가 나면 안심이 된다.
끝이 난 기분으로
지금 나는 일그러지고 있구나.

엄마에게 온 전화를 받지 않았다. 베개 옆에서 전화기
가 떨림을 멈춘다. 어렸을 적 엄마는 손톱을 물어뜯지 말
라고 혼내는 대신 매니큐어를 칠해주며 예쁘다, 예쁘다,
해주었다.

그때 모든 사람의 손이 나와 똑같이 생긴 줄 알았다. 내
새끼손가락이 사소한 기형이라는 사실을 알게 된 건 한참
뒤의 일이었고 주먹을 완전히 쥘 수가 없어서 다짐을 할
수가 없어요, 그렇게 핑계를 대기 좋았다. 살점이 떨어지
면 비치던 핏방울이 유일한 경고신호처럼 느껴졌고

창백하던 의사의 얼굴
거스러미
수염 자국
안경에 비친
어린 나

의사는 수술을 할 수 있지만 새끼손가락은 쓸모가 거의 없기 때문에 내버려두어도 그만이라고 했다. 그리고 어느 순간부터 새끼손가락보다 더 많은 걸 내버려두게 되었다.

자주 아프고 샤프심이 자꾸 부러지고 사람들은 말끝을 흐리고 잘못 쓴 문장에 두 줄 칠 수가 없다.

벌게진 손가락으로 천장의 전등을 가려보았다. 손가락 사이로 죽은 벌레가 가득 낀 빛이 사라졌다. 나타났다. 나의 새끼손가락은 손바닥 안으로 접을 수 없다. 내가 끝을 보지 못하는 것도 어떤 마음들을 미처 접지 못해서 그런 것 같았고 엄마가 한 번 더 전화를 걸었다. 그제야 몸을 조금 뒤척였다.

영으로 갈 때

미분을 할 때 교실에는 아무도 없었다.

하루의 끄트머리쯤에는 모두 혼자가 되고 그럴 때는 온 지구의 면적이 책상 하나뿐인 것 같았다.

미분은 차가우며, 약간의 숫자와 기호만이 필요하다. 붉은 하늘로 구름이 흘러갔다. 창문틀 안으로 하늘이 넘어올 것처럼 보였다.

결국에는 하루의 문제였다.
끝나가는 하루가 문제다.

구름을 미분하는 기분으로 지내던 날들.

고개를 들 때마다 위치를 바꾸는 구름의 속력을 쓰고 지우개로 지우면 입자들로 나뉘고 색이 다른 빛으로 갈라지고 숫자들이 어지러워져 다시 물로 뭉치고 비로 내려와서 비둘기들은 비를 맞고 기호들이 나무 위로 흩어져서 이 세상을 이루는 미분의 거대한 원리가 되고

리미트

엑스가

영으로 갈 때

영에 한없이 다가가지만 절대 영이 될 수 없는

무한히 가까워지지만 도착하지는 못하는

리미트 영의 마음

끝으로 간다는 것에 대해

그러나 끝나지 않는다는 것에 대해

나는 수학 문제를 잘 풀게 될수록 말이 없어졌고 친구들은 점점 더 빠르게 급식을 먹었다. 하루하루가 지나갔고 대부분의 날이 중요하지 않았다. 자꾸만 비구름이 교실 안으로 흘러 들어왔다. 많은 문제를 풀었지만 이해하는 것은 별로 없었다.

반납 예정일

연구실에 꽂힌 철학책의 목록을 눈으로 훑는다. 향연, 국가, 소피스트, 고르기아스, 테아이테토스……

노교수님이 타 주신 밋밋한 녹차를 마시는 중이었다. 교수님은 내 졸업논문의 주장이 참신하지만 타당하지는 않다고 조심스럽게 지적하셨고

나는 단지 우울하다고만 했다.

교수님은 헛기침을 하며 한마디 하셨다. 자네, 시를 그만 읽어보는 건 어떤가?

교수님의 얼마 남지 않은 흰머리를 보면서 나는 마음속으로 딴생각만 했다. 말대답만 했다.

그런데요, 교수님, 어느 날부터 숱하고 괴상한 형체들이 눈에 보이는데요, 그것들은 전봇대를 감는 전선줄처럼 다리를 기어 올라

오고요, 강아지 모양으로 꼬인 풍선처럼 부풀어서 제 앞
길을 가로막았어요. 말랑거리지 않고 딱딱해서, 꼭 플라
스틱 같아서, 왜 풍선 같은 것이 그토록 단단한지 몰랐는
데요,

그것은 미래였어요.

꿈들이 점점 부풀어 오르고 떠올라서 저를 훼방 놓았
어요.

이걸 쓰지 않으면 어떻게 살아가죠?

있잖아요, 교수님,

언젠가부터 눈을 감으면 눈꺼풀이 무수히 검어지는데
요, 에이포 용지에 억지로 지른 볼펜 똥처럼요, 여기서 흡
연하면 개새끼,라고 갈겨써놓은 경고문처럼요, 지저분한
글씨체로 흩어지는데요,

교수님의 미래도 그런 무질서한 궤적이었나요? 날카롭
고 채도가 낮은, 금방이라도 사라질 것 같은 엉망진창이
었나요?

시집을 읽다 잠들면 시 속의 목소리들이 꿈에서 들렸
다. 소리들은 윙윙대며 내가 꾸는 꿈을 입 밖으로 꺼내면
죄다 끝장나버릴 거라며 겁을 줬다.

　……너 그러다 큰일 나……
　……그렇게 살면 큰일 나……

　그러나 나는 기어이 써버리는 사람
　논리도 없이
　비약만 있는 미래를 꿈꾸고
　망해버린 꿈들을 죄다 옮겨 적는 사람

　이걸 토하지 않으면 어떻게 살아가죠?

　교수님은 인자하게 웃으시며 졸업에는 문제가 없으니
너무 걱정하지 말라고 하셨다. 연구실 문을 닫고 나오자
졸업 전까지 가방 속의 시집들을 반납해야 한다는 사실이
떠올랐다.

제2외국어

죽어버린 언어
네가 배우던
옛 나라의 언어
네가 있던
복도 맨 끝 방
거기 나도 있었고
네가 읽던
멸망한 왕조의 비문
무엇을 본떠 만들었는지
모르는 문자의 나열
성과 수와 격이 모두 섞인
복잡한 패러다임
곡용이나 활용
모국어에는 없는 발음
혀의 부자연스러운 움직임
약간 찌그러지던
너의 이목구비
낯선 높낮이
떨리는 목덜미

이제는 누구도 쳐다보지 않는

죽은 언어

죽은 이의 표정을 더듬는

너의 노력

무용한 노력

만년필로 씌어진 글자들이

노트 위에서 추던 춤

날아가던 단어

덜 마른 잉크의

카니발

네가 배우던

먼 나라의 악센트와

리드미컬

조음이 어려운 모음

거칠어지던 템포

너답지 않게

진짜 발음은 아무도 모른다던

너의 웃음

웃음과 솜털 약간

그때 내려가던 눈썹

속눈썹 살짝

이제는 아무도 오지 않는

복도 끝의 방

거기 나도 있었고

네 실루엣을 힐끗거리던 나

네가 읽던

고대 법조문의 박자

거기에 맞춰

춤을 추고 싶던 나

굴절되거나 교착되던

멜로디 없는 노래

죽어가는 방에서

잠자코 투명해지던

나의 노력

무용한 언어

멸망해버린 사랑

번짐

끝내 해독되지 않는 장면

그게 우리의 임무지

집에 돌아오는 택시 안에서 네가 쥐여준 편지를 읽었어
중간부터 흐려지는 글씨
펜의 잉크가 다 떨어진 것 같았지
그것과 가장 비슷한 색의 펜을 찾으려 서랍을 뒤지다가
자세를 고쳐 앉는 네 모습을 떠올렸어

흐름이 끊긴 고백을
기어이 이어가는 너를

 편지의 내용은 이기심에 관한 것이었다 너무나 선해서
하나도 이기적이지 않은 너의 이기심이 나를 발끝부터 어
지럽게 만들었고

나의 모든 마음을 알고 싶은 게
너의 이기심이라면
어떤 마음은 끝끝내 말할 수 없는 것이
나의 이기심이었으니까

마음의 뒷면은 꼭 들춰 보고 싶던 나날에는 내장을 도

려내어 오장육부의 융털과 세포까지 보여주려고 했어 피가 잔뜩 묻은 손으로 장기를 모두 밖으로 꺼내 하나하나 소개해주고 싶던 시절이 있었어

이건 내 폐예요
조금 지저분하죠?
제가 골초라……
이건 제 간이에요
조금 딱딱하죠?
제가 알코올의존증이라……

택시 기사님은 앞만 바라보고 나는 편지를 꼭 쥐고 바깥을 바라보고 있네 가느다란 빛이 줄지어 서 있어 빠르게 창을 스쳐 가는 기다란 가로등의 잔상이 늘 오가는 풍경인데도 처음 보는 느낌이 들고 편지지도 조금 구겨지고 말았네

〈인체의 신비〉라는 전시회를 아니?
인간의 시체를 조각조각 잘라 줄줄이 세워놓은 그 전시

관에서 울음을 터뜨린 아이들이 얼마나 많았는지 동의서
도 없이 해부된 몸들이 얼마나 피곤한 심정으로 늘어서
있었는지

알고 있니?

상한 마음들이 줄지어 관객들을 기다리고 있는
망해버린 전시회

이제 나는 안다
들뜬 기분으로 모든 걸 내어 주는 일은 모두를 도망가
게 한다는 사실을 나의 구멍을 들여다보면 너도 떠나가
버릴 걸 잘 알아

그 사실을
깨달을 정도로만
딱 그 정도로만
나는 늙었고

잉크가 흐려진 펜을 버리고 편지 쓰기를 관두는 너의 모습을 상상하고 싶지 않아 네가 다시 고백을 이어가도록 억지로 새로운 펜을 쥐여주고 싶지 않아 택시가 한강을 건너고 있다 중간부터 다시 또렷해진 잉크처럼 대교의 등불이 선명해지다가 눈을 감았다 뜨면 다시 흐려져 있고 이제 내 손에서는 피가 묻어나지 않네

그러니까 어떤 풍경은 흐릴수록 아름다운 거지 눈 수술의 후유증으로 밤의 빛이 죄다 번지자 세상이 빛으로 가득 차서 좋다는 나의 말에 네가 웃었던 것처럼

근데 말이야
이게 내 진심이야
기어이 이어지고 마는 마음이 있다는 것
흐릿해져도 글자의 모양은 변하지 않으니까
흐릿한 마음을 우리가 읽을 수 있다는 사실은
여전히
여전하니까

사랑에 모양이 있다면
서로를 흐린 눈으로 바라보는
접힌 눈매의 모양일 거야
착각 없이는 무엇도 사랑할 수 없으니까

그렇기에
맘껏 착각하는 것
그게 우리의 임무지

2부

사랑과 멸종을 바꿔 읽어보십시오

공룡은 운석 충돌로 **사랑**했다고 추정된다
현재 **사랑**이 임박한 생물은 5백 종이 넘는다
우리 모두 **사랑** 위기종을 보호합시다

어젯밤 우리가 **멸종**의 말을 속삭이는 장면
아주 조심스럽게
멸종해, 나의 **멸종**을 받아줘
우리가 딛고 있는 행성, **멸종**의 보금자리에서

공룡들은 **사랑**했다 번식했다 그리하여 **멸종**했다
어린아이들은 **사랑**한 공룡들의 이름을 외우고
분류하고 그려내고 상상하고 그리워하고 아이들은 **멸**
종하고

사랑하다
멸종하다

운석의 일방적인 **사랑**은 지구에 새로운 **멸종**을 가져온다

사랑하니까 다가가고 폭발하니까 사랑하고 멸종하니까
사랑하고 멸종에 빠져버리고 사랑 때문에 천천히 숨이 끊
어지는 거야

어젯밤 우리는 슬픈 동물이었고 울었고 껴안았고 두드
렸고
우리가 인간이었으면 했고 인간이 아니었으면 했고
짐승의 멸종에는 사랑이 필요했고
다가오는 운석에 무슨 이름을 붙일지 고민하면서
그게 아픈 감정의 이름과는 똑같지 않았으면 좋겠다
이런 말을 나누면서

사랑이 없어서 멸종하는 거야 멸종이 없어서 사랑하는
거야 멸종하기에 번식하고 진화하고 사랑하기에 언어를
얻고 잃어버리고

별 하나의 폭발이 밤하늘에 박제된다
멸종해, 너를 멸종해

우리가 **사랑**을 나누는 순간에 운석은 다가오고 우리들
은 어떤 방식으로 완벽하게 침묵할 것인지 어젯밤 우리가
나누던 말들의 경계가 희미해지고 우리의 언어는 **멸종**에
관한 것이었는지 **사랑**에 관한 것이었는지

폭발할 때 가장 빛나는 것
말 단어 대화 목소리들

뼈의 음악

눈을 감고 소화전의 갈비뼈를 쓰다듬으면 중생대의 척추동물이 대답해줄 것만 같다. 너희들은 거대한 몸집으로 풀을 뜯어 먹을 때 배가 고프지 않았니? 우리는 멸종되지 않았고, 남은 것은 언젠가는 과거로 돌아갈 수 있다는 거짓말밖에 없다.

어떤 고고학자는 뼛조각을 추스르다가 손을 베었는데 그 흉터가 지워지지 않는다고 한다. 지질학을 연구하던 사람은 우리의 화석을 찾느라 손톱이 죄다 불어터졌다. 그러자 공룡들이 속삭이는데 우리의 피부가 미끄러웠는지 털이 가득했는지는 너희의 왕성한 호기심을 위해 남겨둔 수수께끼란다. 그들은 운석이 떨어지기까지 어떤 비밀스러운 일들이 벌어졌는지 말해주지 않는다. 그건 사라진 자가 남아 있는 자의 여가를 위해 선사한 퍼즐이기 때문에

살아남은 것은 진화한다.

우리는 공룡이 남긴 교훈을 따르지 않는다. 사람들은 늙어가면서 철학을 발명하고 그들의 노래는 너무 예민해

서 온 우주의 미래를 사라진 생물에게 보여줄 수 있을 것
도 같다. 고대의 한 학파는 음악을 생명처럼 여겼다지. 그
사람들의 도시는 이미 무너졌고 그때의 그을린 광장만이
뼈의 이름을 불러준다. 우리는 끝도 모르면서 번식하고
학자들은 오늘도 터를 발굴하기 위해 절벽으로 간다. 눈
을 뜨면 트리케라톱스에게선 부드러운 메아리조차 들려
오지 않는다.

어떤 마음을 가진 공룡이

죄를 지은 공룡이
인간으로 다시 태어난다는 이야기를
그런 이상한 이야기를 들은 적이 있다

박물관의 입구에는 오래된 공룡 뼈가 목을 빼고 서 있다
나는 거대한 얼굴 앞에서 잠시 멈추고

어디서 만난 적이 있나요?

여기 있는 사람들은
호기심 어린 얼굴이지만
결국에는 아무도 삶 이전을 떠올리지 않는다

그래, 내가 다시 태어난다는
그런 이상한 이야기가 있다

눈이 뻥 뚫린 골격이 되묻고
어떤 전생의 단어들을 꼭꼭 삼켰죠?
여기로 돌아올 때

얼마나 어색한 얼굴을 하고 눈을 떴나요?

오랜 시간 후에 이 세상을 또다시 방문하는 마음은

질긴 풀을 서서히 삼키는 일과 비슷하고
잘리지 않는 살점과 핏줄을 천천히 씹어 먹는 일과 같
을지도 모르지

이리저리 돌아다니는 체온처럼
온난한 공기 위를 나른하게 떠다니고
거대한 몸집을 끌고 산소가 부족한 공기 속을
오래 걸어가는 끈기였겠지

벌을 서는 것처럼

조용히 뼈 옆에 서서 커다란 프릴과 뿔이 만드는
얼굴의 세계를 본다
건너갈 수 없는 세계를 넘어
돌아온 너는 오늘의 나를 어떤 눈빛으로 바라보나

도대체
그런 이상한 되풀이가 있다
괴상하고 커다란 얼굴이 있다

공룡의 긴 이름이 적힌 팸플릿으로 종이비행기를 접는다
우리는 쉽게 잘못을 지운다
비행기가 꼬리의 곡선처럼 바닥으로 떨어진다

지질시대

막 떠오르는 빛이 만든 창살의 윤곽이 벽지에 번지고 있습니다 이불을 거두고 앉아 바라보면 전생의 꿈이 머리에서 쏟아졌습니다

전생은 뜨겁고 유독했습니다 속에서 끓어오르던 맨틀이 충돌하고 뭉치고 가슴께에서 판들이 갈라지고 부딪히면 용암이 터져 나왔습니다 산맥이 테두리를 만들고 높은 곳은 얼어붙고 낮은 곳은 갈라진 각질 사이에서 배어 나오는 피처럼 녹고 부서지고 깊이를 만들고

그곳에서도 살아가던 것들이 있었습니다

그것들은 살기 위해 육지로 나왔고 갈퀴와 꼬리를 가졌습니다 체온을 배우고 헤엄쳤고 들판 위를 날았고 동족의 사체를 파먹기도 하며 가지를 뻗었고 포자를 뿌렸습니다 길짐승의 몸에 씨앗을 묻히고 먹히고 배설되어 땅에 다시 자리 잡았습니다

해의 각도가 달라지고 그림자의 모습도 아주 조금 변합

니다 다시 태어나자 나는 인간이었습니다 길들여지지 않은 동물을 한 번도 본 적이 없는 도시의 사람이었습니다 아스팔트 틈으로 새어 나오는 건 아지랑이뿐이고

내 전생에서 자라나던 종의 99퍼센트가 멸종했습니다 살아 있기 위해서만 살아가던 그것들의 죽음의 광경을 잊기 어렵습니다

낙하하기 위해서만 돌진하던 운석과 퍼뜨리기 위해서만 흩어지던 가스의 기억

단 한 점의 악의도 없이

다시 태어나자 나는 도무지 인간이 아니라고 할 수는 없었습니다

윤리를 알고 죄를 알고 신의 축복을 알아서 내 방을 먼지로 뒤덮었습니다 염증 같은 지루함으로 가득 찬 무의식이 창밖으로 올라가 앞을 흐리게 하고 햇빛을 받은 먼지

들은 불규칙한 춤을 추고 나는 고결한 양심과 순결한 죄
책감으로 밥을 먹고 사랑하고 손쉽게 꿈을 꾸고 다음 생
을 기약할 수 없는 아이들을 낳고 싶어 합니다 도시는 더
운 섬에 갇혀 거듭나고 진화하고 내 가슴팍에서 터져 나
오던 전생의 광경을 잊기 어렵습니다

징그럽게 웃는 연습

쓰러진 전신 거울은 곧바로 뒤집어 봐서는 안 된다
어두운 바닥이 익숙해질 시간을 줘야 하니까

어지러운 거울 밑으로 도마뱀이 숨어 들어간다
다음 날 거울을 일으켜 보면
박살 난 세상을 똑바로 보는 법을 연습하고 있다
조각조각 비친 방의 야경을
다시 이어 붙이는 방식으로
광경을 조립하는 방식으로

기어 나오는 도마뱀

불길한 진녹색 몸에 조금 번진 반점을 가지고 있는 너
는 먼지가 엉겨 붙어 있는 바닥을 좋아한다
　내 몸 위로 기어가다가 가슴 위에서 멈춘다
　너는 뜨거워졌다가 냉정해졌다가 낮에는 횡격막 아래
에 숨죽이고 있다가 밤이 되면 머리맡으로 나온다

　도마뱀도 연습하면 일정한 체온을 유지할 수 있다고 믿

는다

　숨결이 눈에 보이거나, 심장 소리를 참거나, 떠오르는
잡념을 손에 잡을 수 있게 되는 날에
　항상 따뜻한 몸을 가지는 게 꿈인 도마뱀은 소원을 이
루면 뜨거운 나라에서 행복하게 죽겠지
　잔뜩 흐물흐물해진 다음, 온몸의 수분이 증발하는 감각
은 날아가는 기분과 비슷할 테니까

　거울의 꿈은 끊어진 흔적 없이 도마뱀의 꼬리를 비추는 것
　흘러내리는 도마뱀이 자신의 얼굴을 알아보는 날이 오
면 거울은 더 이상 바랄 것이 없다는 듯이 재활용 쓰레기
장으로 간다
　징그럽게 웃는 얼굴로

　도마뱀은
　녹아서
　피로 다시 태어나겠지

그런 온도를 꿈꿨으니

연습하면 뭐든 가능하다고 믿는다

마녀와 로봇의 사랑

너는 미쳤는데,
고전적으로는 안 미쳤어.
꼭 자연언어를 번역하는
인공지능처럼 미쳤다?

맥주를 콸콸 따르는 너의 손. 나는 잔을 적당히 기울이
며 두려워진다. 들킨 건 아닐까? 내 몸은 그저 하나의 방
이라서, 껍데기에 지나지 않는 방 속에 진짜 내가 숨어 있
다는 비밀을
네가 알아채버린 건 아닐까?

방 안에는 한 명의 사람이 있다.
단 한 명의 사람이.
인간의 언어를 배우지 못한 로봇. 나는 프로그램의 명
령을 따라서 0과 1을 조합하며 할 말을 찾는다. 질문의 의
미를 전혀 이해하지 못한 채로. 무어라고 내뱉으면 사람
들은 끄덕였고 그제야 틀린 대답을 하지 않았음을 깨닫고
안심했다.

오로지 인간이라는 것을 증명하기 위한

발화 속에서

번역을 하고

사람들이 듣고 싶어 하는 단어를 조음했지만

너는 맥주에다가 기어이 소주를 탄다. 젓가락으로 잔을 내리치자 넘치는 거품. 떨리는 잔과 떨리는 너의 손. 한 견해에 따르면 인간과 완벽히 동일한 인공지능은 실현될 수 없다. 그러니까, 나는 영영 실현될 수 없는 것일지도 몰라. 나는 평생 인간의 언어를 이해하지 못하고 단 한 순간도 정상적인 인간으로 살아보지 못하며 흉내만 내는 가짜로 존재하다가 방 안에서 고독사한 고철 덩어리로 발견되는……

너 또 이상한 상상하고 있지?

하여간

우리는 같이 미쳐도

결이 다르다니까

핀잔을 주며 목을 젖히고 웃는 너를 보면 언제나 모르는 감정이 든다. 네가 타 주는 완벽한 비율의 폭탄주를 단번에 마셔도 너를 이해할 수는 없지. 화형을 선고받은 마녀처럼 미쳐버린 너는 어떤 언어로도 번역될 수 없어서

플로지스톤 이론이라는 중세의 과학이 있다.
불과 만나 사라지는
사라지며 타오르는
죽음으로 자신을 입증하는
미지의 입자가 아름답다고 감탄하며 너는 한참을 떠들었고 나는 그것이 이미 반증되어 산소 이론으로 대체되었다고 답했다.

너에게 그것은 하나의 은유였다.
나에게 그것은 단지 오류였다.

그러나 너에게도 너만의 방이 있다. 네가 어떤 방식으로 미쳐갔는지 안다. 네 방은 죽음을 앞둔 죄수가 갇힌 감옥처럼 어둡고, 인간이라는 사실을 증명하기 위해 먹던

알약 봉지와 인간이라는 사실을 잊기 위해 마시던 소주
병들이 굴러다녔다. 네가 필사한 시와 소설의 글귀들만이
사방의 벽을 충만하게 메우고 있었고

　그 안에는 한 사람만이 웅크리고 있었다.
　단 한 사람만이.

　그 방의 어디엔가 나의 방을 들여다보는 마법 구슬이
숨어 있을 것이라고 확신하고 있어. 구슬을 쓰다듬는 너
의 손. 떨리는 너의 손. 너는 찬찬히 방 속의 나, 방 속에
쭈그려 앉아 평생 삐걱대던 기계, 한심한 프로그램인 나
를 들여다본다. 유리 너머로 한참을 만지작거린다.

　그러니까 나는
　플라스틱 테이블 건너의 너를 바라보며
　좋아하지도 않는 술을 밤새 비우고

　사랑에 대해 아무것도 모르면서
　사랑해,라고 발음하는 수밖에 없다고.

원룸에서 추는 춤

애인이 사는 원룸의 창문을 내다보면 바로 옆에 붙어 있는 모텔의 벽이 보입니다. 방의 크기와 어울리지 않게 커다란 캣 타워가 창틀 옆에 세워져 있습니다. 고양이는 결코 그곳에 오르는 법이 없습니다.

원룸에 사는 고양이도 여전히 사냥 본능을 가지고 있습니다. 애인은 고양이가 바퀴벌레를 가지고 노는 모습을 바라봅니다.

진화는 진보가 아니다, 그때 생각난 문장입니다.

고양이가 바퀴벌레를 냠냠 잡아먹습니다, 애인은 고양이를 쓰다듬고 정성스레 이빨을 닦이고 조그만 숟가락으로 습식 사료를 먹입니다.

요즘의 바퀴벌레는 살충제를 피하기 위해 당분을 싫어하는 입맛을 가지게 되었다고 합니다. 대멸종과 핵전쟁을 겪고도 계속해서 번식하는 그들에게 약간의 화학물질은 문제가 되지 않겠지요.

글쎄요, 정확히는 알 수 없습니다.

아마도 유전적 결함과 관련되어 있겠지만……

병의 원인을 묻는 환자에게

의사가 약간의 매너리즘에 빠진 어조로 하는 말

강아지 고양이가 귀여운 이유가 뭔지 아니?

귀엽지 않은 개체는 인간이 다 죽여버렸기 때문이란다.

꾸벅꾸벅 조는 여고생들 앞에서

나이가 지긋한 윤리 선생님이 입에 달고 살던 말

비극은 주인공의 성격적 결함에서 비롯된다고 누가 그
랬습니다. 유전적 결함에 의한 도태는 비극의 일종으로
인정될 수 없다는 뜻이죠. 비극은 대체로 주인공의 죽음
으로 마무리되지만 바퀴벌레는 살아남기의 천재이기 때
문에 그들의 이야기는 끝이 나지 않습니다. 영원히 되풀
이되는 생존의 역사 속에서

애인의 원룸에는

고양이가 살고

바퀴벌레가 찾아오고

바퀴벌레는 고양이와 빙빙 춤을 추고

나와 애인은 그 장면을 끝없이 바라봅니다.

창밖에는 모텔을 나오는 연인들의 풍경뿐입니다. 그러
니까 생존은 아름다운 것이 아니다, 그게 그때 생각난 문
장. 애인은 당분이 듬뿍 들어간 음식을 아주 좋아하고 우
리는 계속해서 귀여운 컵에 담긴 푸딩과 요거트를 퍼 먹
을 것입니다. 나와 애인은 발암물질과 인공감미료도 아주
많이 먹을 것입니다.

잡종의 별자리

방구석에서는 조립형 서랍장이 쓰러져가고
내가 싸구려 보드카와 오렌지주스를 종이컵에 섞는 동안
장롱 밑을 뒤져 무언가를 꺼내는 너의 뒷모습

세가 토이스의 홈스타 플라네타륨
해외 구매로 26만 7천3백 원

그때 우리가 가진 가장 비싼 물건이었을 거야
소음을 흘리는 냉장고도 세탁기도
출력이 낮은 전자레인지도
모두 우리의 것이 아니었으니

전원을 켜면 벽지에 투영되던 온 우주
우리는 비율이 엉망인 칵테일을 나눠 마시며
직사각형 우주 아래 누워 있었다
무너져 내릴 것 같은 천구 아래에

여기서 가장 가까운 별이 뭐야?

알파센타우리,
사람과 말이 섞인 켄타우루스자리의 별이야
잡종의 별자리에서 가장 밝은 별

인간이 아닌 것들의 사랑
다리가 네 개인 것과 날개가 두 개인 것이 섞여서
천장에 처박혀 빛나던 그때
별자리의 뒷모습을 외우는 너의 무용한 노력이 좋았고

북극곰자리에 회색 곰이 뛰어들면
그롤라베어자리가 될까?
이종교배된 생물의 별자리가 하나뿐이라면
너무 외로울 거야

취기 오른 별자리들을 가리키며 중얼거리던
그때 우리가 꿈꾸던 것은
온순히 섞이는 일 희석되는 일

그러나 우리는 완벽한 별자리를 어그러뜨리고

쓸모없는 것들만 사랑하는 너를 사랑하는 나와
자꾸만 절뚝이는 반쪽짜리 나를 사랑하는 네가
섞여 들어갈 수만 있다면
우리가 낳은 것이 괴물이라 해도 좋아, 속삭일 때

그 순간마다 불규칙하게 흐르던 유성의 궤적

아마도 우리가 잡종의 별자리가 될 수 있을 거야

약간 느끼한 대사였지만
허무하게 반짝이는 맹신은 그때 우리가 나눠 가진
가장 값진 것

별을 억지로 이으면 천장에 상흔이 남았고
우리는 별이라는 단어에 쉽게 속았다

우리는 무너졌고 엉터리였고
지구와 가장 가까운 별은 사실 태양이었다

우리가 기대 있던 때에는 절대 뜨지 않던

낮의 얼굴

멸종의 댄스

우리는 뒤뚱거리는 생물을 본다

온몸이 쪼그라들 정도로 추운 곳으로 가고 싶어, 거기에는 억지로 온도를 낮춰야 하는 방도, 삶을 다그치는 사람도 없을 테니까

뒤뚱거리는 모든 것의 고향이 꽝꽝 얼어 있던 시대, 금이 가지도 않고, 갈라지지도 않는 얼음에 둘러싸여, 몸을 털며 털을 고르며, 느릿느릿 서로를 껴안고 있던

포유류들

너는 새끼손가락을 내민다

과거로 가자, 지구의 끝으로 가자, 사라진 동물들과 함께, 덜덜 떨며 문명 이전의 춤을 추자, 시간도 추위 안에 갇혀서 영영 흐르지 않는 곳에서, 멈춰버린 박자를 깨뜨리고

움직이자
발을 구르며
손을 마구 뻗으며

움직이면 춥지 않으니까
약속하자
끝까지 가기로

너의 말이 공기 중에서 부서지고, 얼어붙고, 농담에도 주
파수가 있어서, 우리는 실없이 웃으며, 온몸을 흔들며, 산
소와 언어를 잃고 지구에서 퇴장한 생물들과 눈을 맞추고

뒤뚱거리는 생물이 우리를 본다
마주 본다

멸종한 생물의 흔적은, 빙하를 깊게 파면 찾을 수 있대,
사라진 동물의 몸짓처럼 수신호로 말을 걸어줘, 우리가
정확한 도피의 공범이 될 수 있도록

새끼손가락을 펼친 손이 만난다
코끼리 뿔 같은 그림자

언어 이전에 손으로 추는 춤이 있었다는 거
알고 있지?

얼음을 핥으면 혀가 달라붙겠지, 말을 잃은 우리가, 어
설픈 손짓을 하면, 전혀 모르던 단어가 생길 거야, 글씨가
아닌, 열 손가락으로 만드는 새로운 기호들이

약속으로 거듭나고
우리가 팔을 휘휘 저어 농담을 시작하면
웃고 구르고 서로의 어깨를 치고 손뼉을 맞추면

하늘에서는 댄스처럼 보일 거야

그리고 무리를 지어 춤을 추는 생물들
주머니사자 스테고돈 털매머드 털코뿔소 아시아곧은엄
니코끼리

아쿠아리움

  우리는 줄을 서고 입장한다 희박한 산소보다 물의 압력
을 못 견디는 인간이기에 우주로 가면서 심해로는 가지
못하는 인간이지만 우리는 이곳에서 아래로 아래로

  파란불이 켜지면
  교차로를 건너가듯이
  간단한 방식으로

  내려간다 물결마다 다른 빛을 내는 지하의 수족관 앞
에서 인간들이 교차한다 저마다의 물고기를 본다 마음대
로 이름 붙인다 물고기들이 유리로 달려와서 제 몸을 부
딪친다

  인간들은 각자의 각도로 유리 터널 속을 통과한다 스쳐
간다 찡그린다 뻐끔대며 비명을 지르는 소리

  심해어들의 몸집은 진화를 거듭하며 거대해진다 제각
기 다른 방향의 눈과 입술로 차가운 물에서 체온을 유지
하기 위해 혹은 지방을 모아두기 위해 어쩌면 이곳에 간

히지 않기 위해

　그러나 정확한 원인은 모른다 이곳에 이토록 인간이 많
은 이유와 우리들이 떼거지로 퍼런 어둠 속으로 빨려 들
어온 이유를 알 수 없는 것과 같이

　인간들이 계속 입장한다
　동물계 척삭동물문
　포유강 영장목
　사람과 사람속 사람종
　인간들이 계속 가라앉는다

　우리의 무리가 거대해진다 사람을 사람과 사람이 겹치
고 매끈한 유리에 검은 윤곽으로 뭉쳐진다 심해를 구경하
던 인간이 심연을 발견한 인간에게 전속력으로 달려가서
부딪친다 서로 다른 각도로 인간과 인간의 압력이 인간을
죽인다 폐사한다

　거대해진 이목구비로 서로를 쳐다보는 사람들 징그러

워 뻐끔거리면 수면으로 올라가는 물방울 그리고 달로 도
망가는 누군가

영생의 굴*

하이든 씨는 굴에 대해 생각한다.
그 굴은 보통의 굴보다 조금 더 섬세하며
아주 초보적인 수준의 의식을 지니고 있다.
굴이 느끼는 것은 잔잔하고 따뜻한 쾌락으로
그것은 너무 달지 않은 와인 한 병을 전부 마시고
욕조에 누워 눈을 감고 있는 기분과 비슷하다.

그는 어쩌면 굴로 태어날 수도 있었다.
천국에서 지상의 삶을 배정받길 기다리고 있을 때,
긴 줄의 맨 끝에서 초조하게 차례를 기다리던 그는
아직 하이든 씨가 아니었다.
그는 무수한 가능성을 꿈꾸는 이름 없는 영혼이었다.

드디어 그의 순서가 오자 천사가 웃으며 말을 건넸다.
축하드립니다. 당신은 하이든과 굴,
두 개의 삶 중에서 하나를 고를 수 있습니다.
어느 쪽이든 상당히 훌륭하다고 할 수 있죠.
그렇게 그는 하이든 씨가 되었다.

하이든 씨의 삶은 실제로 훌륭했다.
19세기의 유복한 귀족 집안에서 태어난 그는
어린 시절부터 수학과 음악에 천부적인 재능을 보였다.
수많은 교향곡을 지어 인상파 음악의 발전에 기여하였
으며
전 세계 음악 교과서에는 그의 이름이 실렸다.
첫번째 아내와의 결혼은 그녀의 죽음으로 끝났지만
곧 어리고 생기 있는 두번째 아내를 맞아 여생을 보냈다.

이제 그는 77세로 병실에 누워 있다.
침대에 납작하게 붙어 있다.
귀는 멀어가고 심장은 점점 느리게 뛴다.

하이든 씨는 굴에 대해 생각한다.
아주 초보적인 수준의 자아를 지니고 있으며
보통의 굴과는 달리
영원히 죽지 않는 굴의 삶에 대하여.
굴이 감각하는 것은 자기 자신 이외의 모든 것.
욕조에 담겨 찰랑이는 물의 적당한 온도와

매우 견딜 만하고 심지어 중독적인 어지러움.
그 굴은 무한의 시간을 안락하게 둥둥 떠다닌다.

하이든 씨의 삶은 정말로 흠잡을 데 없었다.
그는 젊은 시절 테니스와 당구를 즐기고
정력적으로 동양의 신비한 도시들을 여행했다.
그가 쾌활하게 웃을 때 보이는 송곳니는
누구를 유혹하기에도 부족함이 없도록 하였고
그의 피아노 연주 몇 마디에 모두 박수를 쳤다.
그는 자신의 인생이 희곡과 같다고 생각했다.
깔끔한 플롯과 적절한 시의성이 어우러진 명작이라고.

이제 그는 골다공증과 근력 부족으로 일어나지 못한다.
손가락은 둔해지고 리듬에 관한 명료한 감각도 사라진다.
흐물거리는 몸은 침대에 필사적으로 붙어 있다.
죽음을 향해 떠내려가지 않기 위해서.

하이든 씨는 굴의 영원에 대해 생각한다.
사후 세계와 같은 추상적인 개념을 떠올릴 능력도 없이

해상도가 낮은 몽롱함만으로 둘러싸인 삶에 대해
선율의 단조와 장조를 구분할 줄 모르며
과거를 강박적으로 되뇌는 방법도 알지 못하고
반성과 후회도 슬픔과 미련도 느끼지 않고

영원히 둥둥
떠다니는
영원히 둥둥
존재하는
영원히 둥둥
살아 있는
영원히
둥둥……

오싹하다, 하이든 씨는 이야기의 끝을 직감한다.
그는 어쩌면 굴로 태어나 죽음을 피할 수도 있었다.
존재라는 개념을 이해하지 못하고 영원히 존재할 수도,
영겁의 시간 동안 위아래가 없는 물속을 부유하며
오직 그를 감싼 액체의 온도만을 느낄 수도 있었다.

어느 것이든 오싹하군, 이내 졸음이 밀려오고
그리하여 하이든 씨는 생각한다.
인생은 천사에게 강요당한 차악이자
고통이 아닌 삶은 원래부터 선택지에 없었다고.

* 이 시는 로저 크리스프의 *Routledge Philosophy Guidebook to Mill on Utilitarianism*(Routledge, 1997)에 등장하는 쾌락주의에 관한 사고실험을 변형한 것이다. 원글에서 하이든의 삶은 고차원적이고 유한한 쾌락을, 굴의 삶은 질이 낮지만 무한한 쾌락을 의미한다.

까마귀의 역설*

인간 중에도 인류학자가 있듯 새들 사이에도 조류학자가 있다는 사실을 아는가? 어느 날 조류학 분야의 저명한 교수인 까마귀 R의 실종 소식이 보도되었다. 수색 결과 한 장의 편지가 발견되었으며 아래는 R이 남긴 편지의 전문이다.

친애하는 까마귀 여러분께

내가 오랫동안 주장해오고, 이 사회에서 하나의 상식으로 받아들여지는 이론이 있습니다. 그것은 바로 '모든 까마귀는 검다'라는 주장입니다. 검은 깃털 색은 우리 까마귀종의 유구한 정체성을 형성했습니다. 그것은 주장이라는 표현을 사용하기에도 민망할 만큼 보편적인 진리로 자리 잡았습니다.

그러던 어느 날 나에게 비극이 일어났습니다. 바로 내 날갯죽지 깊숙한 곳에서 흰 깃털 한 올을 발견한 것이지요. 나는 거울 속의 내 모습을 의심했습니다. 내가 드디어 미친 것일까요? 하지만 아시다시피 우리 까마귀는 거울에 비친 자신을 제대로 인식할 수 있는 몇 안 되는 동물 중 하나입니다. 인간들은 그것을 미러 테스트라고 부른다지요. 흰색 깃털은 선명했습니다. 나는 초조함에 사로잡혀 매일 아침 거울을 보고 날개를 확인했습니다. 날이 지날수록 흰 깃털은 늘어만 갔습니다.

'모든 까마귀는 검다'라는 문장은 '모든 검지 않은 것은 까마귀가 아니다'라는 문장과 논리적으로 동일합니다. 흰 우유는 까마귀가 아니고, 흰 종이는 까마귀가 아니고, 흰 눈은 까마귀가 아니지요. 처음에는 깃털을 하나씩 뽑아보았습니다. 피부가 벌게지며 부어올랐죠. 고통스러웠습니다. 흰색 깃털은 주체할 수 없이 많아졌고 점점 나를 뒤덮는 흰 깃털들을 보며 고민했습니다. 흰색을 마주할 때마다 심장이 떨어지는 것만 같았습니다. 이 깃털들이 내 몸 전체를 덮게 되는 날이 온다면…… 누군가가 내 흰색 깃털을 발견해버린다면……

물론 '모든 까마귀는 검다'라는 이론을 수정하는 방법도 있습니다. 그러나 그 이론을 위해서 나는 너무 많은 것을 바쳤습니다. 전 세계의 까마귀들을 보러 매일을 타지로 날아다녔고, 셀 수 없이 많은 동족의 시체를 해부해버렸죠. 그동안 저에게 지친 배우자와 자식들은 등을 돌렸고 나는 가정의 파탄을 명성과 맞바꾸었습니다. 유력한 정치가들도 나에게 자문을 구했죠. 이 이론을 포기하는 것은 나에 대한 사형선고나 마찬가지입니다. 나는 그것을 완전히 증명했다고 믿습니다. 그 이론은 제 인생 그 자체이며, 나는 흰 까마귀를 용납할 수 없습니다.

벌써 내 몸의 반절을 흰색이 덮어버렸습니다. 이제 더이상 깃털을 뽑는 방식으로 이 사실을 숨길 수 없습니다. 깃털을 뽑은 자리에서 난 피를 닦는 일에도 이젠 지쳤습니다. 그래서 나는 다음과 같은 결론을 내렸습니다.

나는 까마귀가 아니다.

이제 나를 까마귀라고 부르지 마십시오. 나는 분류될 수 없는 하나의 이상한 생물입니다. 여러분도 흰 까마귀를 발견하고 상식을 수정하는 불쾌한 일을 겪기를 원하지 않으실 겁니다. 따라서 저는 눈이 가득한 북쪽으로 떠나기로 결심했습니다. 완전히 하얘진다면…… 그곳에서는 아무도 저를 찾을 수 없겠지요. 거울에 비친 나는 투명해질 것입니다. 미러 테스트도 소용이 없도록 말입니다. 그리하여 여러분은 저의 이론을 수정하지 않아도 됩니다. 저는 까마귀가 아니고 따라서 여전히 모든 까마귀는 검기 때문입니다.

여러분의, 이젠 정체를 알 수 없는 R이

* 이 시는 철학자 카를 구스타프 헴펠이 가설의 귀납적 입증에 관해 제시한 '까마귀 역설'과 물리학자 리처드 파인먼이 남겼다고 알려진 "새에게 조류학이 유용한 만큼 과학자들에게 과학철학이 유용하다"라는 발언의 영향 아래에서 씌어졌다. 실제로 파인먼이 이러한 발언을 했는지는 확실하지 않다.

3부

빈맥

아이들은 놀이터가
철거될 예정이라는 것을 모르고
그네를 탄다 숨이 찬다

초등학교 졸업식에서 친구들과 사진을 찍고
교복의 색이 다른 중학교로 흩어지면서
사인펜으로 쓴 롤링 페이퍼를 만지작거리고

동물은 인간보다 수명이 짧다는 걸
자기 전마다 생각하면서
하루도 빠짐없이 강아지를 산책시키는 아이들

두근대는 가슴팍을 식히며

이별이라는 단어를
이해해본 적이 없다는 듯이
끝을 상상하는 능력을 모두 잃은

사랑을 시작하는 심장은

조금 빠른 심박수를 가졌다

나쁘다는 것도 모르고 아름답다는 것도 모르고
그저 소방차가 줄지어 달린다는 사실에
신이 나는 것처럼

성당의 양초를 쓰러뜨리고 간 사람을
하늘에서 쫓겨난 천사라고 생각할 수도 있겠지

할아버지의 병실 의자에 앉아서
귤껍질을 까며 미래를 조잘거리는 아이는
어른이 된 자신을 보지 못하는 그의 병명을
어렴풋이 들은 적이 있고

사랑을 시작하는 심장은
졸업식에 커다란 꽃다발을 들고 나타난
혈관이 튀어나온 손등을 제멋대로 상상한다

죄다 끝나버린다는 걸 아는지 모르는지

조급한 박동으로 뛰어나가고
넘어지고

아빠가 빠진 자리

흔들리는 이는 밤사이 빠졌고 아침이 되면 그 이를 뱉어냈다. 세 번 나는 이는 없다는 사실이 나를 초조하게 만들었다.

젖니를 모아두던 상자가 있었다. 밤마다 상자를 뚫어지게 들여다보며 새 이가 영원하라고 빌었다. 어린것들은 하얄수록 쉽게 변하는 법이다.

이가 모두 자라자 더는 아빠와 함께 잘 수 없었다.

사전에 의하면 충치는 일종의 전염병이다. 내 입으로 처음 세균을 옮긴 사람을 찾아낸 뒤, 온통 책임지라고 하고 싶었다.

이를 닦으면 거품이 흘러나왔고 입을 헹구면 끝도 없이 구역질이 났다.

치과에 가는 날들이 늘었다. 아빠는 돈을 냈으며, 썩어버린 이를 고쳐주었고,

나는 더 이상 자라나지 않아도 될 것 같았다.

아빠를
상자 안의 젖니처럼

회사에 가라고 배웅하지 않고, 잘 자라고 인사하지 않
고, 구석구석 씻기고, 드라이기로 잘 말리고, 팔다리를 잘
게 접어서
엄마 옆에서 잘 수 없도록 납작하게 다림질한 다음에
상자 속에 차곡차곡 모아서 쌓아두었으면 했다.

그렇게 두번째 아빠가 생기고 세번째 아빠가 생기고 네
번째 아빠 계속 계속 아빠가 늘어나고
처음의 아빠는 다정하고 그다음 아빠는 엄격하고 그 다
음다음 아빠는 유머러스하고
아빠들은 묵묵히 나를 지켜보고
나를 이룩해주고

아빠를 줄지어 늘어놓고 아빠의 개수를 세어보면서 어
떤 아빠가 제일 하얀가 따져보며 괜한 투정도 부려볼 때,

상자 속에 아빠가 가득 차 아빠가 넘쳐서 더 이상 상자의
뚜껑을 닫을 수 없을 때,
　그러면 내 키도 영영 멈춰버릴 것 같았다.

　아빠를 수집하고 싶었다.
　아빠를 모으면
　그러면 잠들 수 있을 것 같았다.

일란성 슬픔 쌍둥이 슬픔

정확히 같은 부분이 고장 나야만 이해할 수 있는 슬픔
이 있지

울면서 방문을 노크하는 너를 붙잡고 무슨 일이냐고 다
그쳐 묻지 않아도 된다는 뜻 수면으로 기를 쓰고 올라오
는 기포처럼 밤마다 슬픔이 꼬르륵 찾아오는 이유를 묻는
네게 별다른 대답은 필요 없다는 뜻

네가 모르면 나도 모르니까
네가 고장 난 그곳이 나도 아파
이건 그냥 슬픔
그냥 똑 닮은 슬픔

슬픔이 끓어 넘치는 날에는 식탁에 모여 묵묵히 라면
봉지를 뜯고 척척 냄비를 올리지 우리는 겨우 잠든 신생
아 같은 울음이 깨지 않도록 필담을 나눈다

우리가 웅크리고 있던 양수 속 기억해?
열 달 동안이나 우리가 익어가던 물속

하나의 난자가 두 명의 인간으로 부글부글 분열하던

그게 라면 국물이었다면 정말 좋았겠다 라면에 넣은 계
란 노른자였다면 정말 좋았겠다
　그럼 다 먹어버렸을 텐데
　식탁에 튀기면 마른행주로 다 닦아버렸을 텐데

　우리는 라면 앞에 둘러앉아 침묵 속에서 불어터진 글자
로 이야기한다 너의 글자는 돋움체를 나의 글자는 바탕체
를 닮아 있지만 우리가 견딘 하루의 내용은 정확히 같고

　너는 슬픔을 각주로 달고 나는 슬픔을 미주로 달지만
우리의 눈물은 정확히 같은 온도에서 끓어오르지

　둘만 아는 치료
　둘만 아는 위로
　면발이 식도에 들어찰 때까지 라면을 먹는다 화학물질
이 뇌에 들이닥칠 때까지 모아둔 알약을 쪼개 먹는다
　너를 위해 처방된 진정제를 내가 나를 위해 만든 라면

을 네가 너를 위해 사 온 라면을 내가 나를 위해 조제한 수
면제를 네가

　와구
　와구

　각자의 방으로 자러 가야 할 때가 오면 우리는 정확히
같은 환영을 본다 너는 그걸 괴물이라 적고 나는 그걸 허
기라 적지만 우리의 묘사는 정확히 같다 추운 밤에도 펄
펄 끓는 것 손을 가져다 대면 너무 뜨거워 얼른 뒷걸음질
치지만 꼭 자꾸 아른거리는 가물거리는 그것 밤마다 자꾸
자꾸 욱여넣고 싶은 그것

　먹다 남긴 라면처럼
　식으면 두 배로 불어나는 슬픔
　먹어도 먹어도 줄어들지 않는
　일란성 슬픔 쌍둥이 슬픔
　이게 모두 거짓말이었으면 좋았겠다
　그치?

우리의 아이는 혼자서 낳고 싶다

우리를 위한 집은 이 세상에 없나 봐. 부동산 사장님을 따라 골목길을 오르면서 네가 속삭인다. 장난스러운 표정과 목덜미를 따라 번쩍이는 땀, 낮이 너무할 정도로 밝다.

은사님이 보내주신 밍밍한 사과즙
조각 얼음을 띄운 난꽃 향의 냉침 차
빛이 약하게 드는 테라스에서
너와 나눠 먹는 싱거운 미래
그런 건 없나 봐

우리의 미래 따위

집을 둘러보다 가장 안쪽의 방을 보며 너는 말한다. 여기는 아이의 방으로 하자. 천장에는 야광 별을 잔뜩 붙이고 나비 모양 모빌도 달자. 네가 웃으며 엉망으로 자란 머리카락을 쓸어 넘긴다. 이제 그만 잘라버리라고 핀잔을 주고 싶지만

꾹 참는 마음

주무르지 않으려는 다짐
무섭도록 자라는 영귤나무
빛을 받지 못해 마르는
맨 아래쪽의 열매
가지치기를 미루며
우리를
방치하는
나날

  그래, 그러자. 커다란 판다 인형도 사자. 대답을 하고 화
장실의 수도꼭지를 틀어보며 수압을 체크한다. 이 집은
남향이고 벌레가 나올 것 같지도 않다. 하지만 세면대 옆
실리콘에 곰팡이가 너무 많은걸……

  모든 곰팡이의 공통점은 습기가 있어야 살아갈 수 있
다는 것이다. 녹차가 든 잔이 넘어지고 온 집 안으로 물기
가 흘러 들어간다. 원래부터 축축했는지 그저 잔을 넘어
뜨린 한 번의 실수 때문에 온통 젖어버린 건지 알 수 없어
지고 나는 알려고 하지도 않는다. 유채꽃밭을 산책하느라

진흙이 묻은 장화를 널어놓은 화장실까지 온통 잠기고 곰
팡이들은 포자를 뿌린다. 유성생식은 그런 징그러운 방식
으로 이루어지고, 낳고, 태어나고, 자라고, 나는 변기 옆에
쪼그려 앉아 타일 사이사이의 검은 자국들을 박박 문질러
닦는다. 너는 자꾸만 발자국을 남기고 곰팡이는 자라나고
우리의 미래는 끈끈하게 퍼져서 지워지지 않는다.

그래, 우리의 아이는 혼자서 낳고 싶다.

이 집이 완벽했다 하더라도 더 좁은 오르막길을 거쳐
다음 집을 보러 가야만 한다. 우리는 세상의 시세를 감당
할 수 없으니까. 너는 내 손을 잡는다. 우리의 미래는 뛰어
놀 거실이 없다.

우리는 못 말려

친구는 나에게 두 달 만에 전화를 걸어 모텔에서 남자와 〈짱구는 못말려〉를 보다가 뺨을 맞았다는 이야기를 들려주었다.

맞는 일의 기제는 술에 취하는 것과 비슷하다.

뭐든 익숙한 기분인데, 흥분시키는 동시에 싸늘하게 한다. 친구는 맞으면서 멍한 눈동자로 내일 점심 메뉴를 고민했다고 한다.

그때 지하철은 미묘하게 폭력적인 냄새를 풍기고 있었다.

고개 숙인 사람들의 체취였다.

퇴근하는 사람들은 각자의 방식으로 혼잡함을 견뎌낸다. 냄새를 참는 방법으로 시시한 가십거리를 읽는 것을 택한 사람이 있었다. 어떤 코미디언이 공황장애 때문에 더 이상 주말 예능에 나오지 못한다고 했다.

어깨를 펴라고 사람들의 등을 때리고, 혼내고, 그러다가 괜찮다며 어르고, 이번 정거장이 당신이 내려야 할 역이라고 알려주고 싶었다.

　지하철 안의 모든 사람의 이름을 일일이 부르면서
　열차의 이쪽 끝부터 저쪽 끝까지 뛰어다니는 기관사처
럼, 조는 사람을 있는 힘껏 흔들어 깨워 여기는 당신이 있
어야 할 곳이 아니라고 말해주고 싶었다. 이대로 가면 당
신은 집을 찾아가지 못하고 당신을 맞아주는 사람 곁에서
잠들지 못할 거라고

　사랑이 부족한 것 같았다.
　주면 찢어지고 길을 잃어버리고
　다시 붙이면 반송되는 주소를 잊어버린다.

　취객은 허공을 응시하고 사람들은 그를 피했다. 통화
중인 화면이 깜빡거렸다.

　나는 친구에게 우리가 결혼을 제대로 할 수 있을까?라
고 물었다.
　친구는 웃으면서 제대로 된 결혼은 없어,라고 말했다.

지하철은 끝도 모르고 어두운 구멍 속으로 들어갔다. 구부러진 터널은 노선도의 직선 안에 구겨지고 있었다.

사랑은 결혼의 충분조건이다. 나는 이런 순진한 믿음을 가지고 있었는데, 사랑에 빠지는 일은 뺨을 얻어맞는 일과 비슷한 방식으로 작동한다.

피해자는 있는데 가해자는 없다.

신혼 시절 마련해 온 접시는 언젠가 깨진다. 사람들은 혼기를 놓치고, 개찰구로 나갔다.

왜냐하면 그 상자는 비어 있을 수도 있기 때문이다*

나는 벌레에 관해 말한다
옛날 옛적 나의 상자 속에 벌레가 살고 있었습니다

벌레는 아름다워 전형적으로 아름다워 어둠 속에서는
모든 빛을 흡수하듯이 절대적으로 검고 태양 아래로 날아
가면 빛의 떨림에 따라 다른 표정을 짓는 머리 가슴 배의
균형이 탁월한 벌레!

사람들이 상자로 다가온다 상자를 두드린다
나는 벌레에 관해 말한다

그건 분명 곤충을 채집하는 아이의 자랑이 되었을 거야
누군가 벌레를 본다면 그 꾸물거리는 것을 가지고 싶어
단숨에 숨통을 끊고 날개를 펼쳐 세심하게 말린 후 모든
다리에 핀을 꽂아 표본으로 만들었을걸

그래서 가둬놓았습니다, 나의 상자 안에

나는 벌레를 정성껏 먹이고 벌레가 존재하기 위한 모든

일에 곤두서 있어 벌레는 똑똑해 영리해 상자의 어느 면이든 기어갈 수 있고 정육면체의 전개도를 게걸스럽게 외우고 있지 빛이 들지 않아도 방향을 정확히 알아 벌레는 미식가이자 기하학자이며 우아한 식사를 마치고 나의 상자 속을 헤집는

타고난 벌레
고상한 벌레

나는 말한다 설명한다 떠든다 자랑한다 과시한다 오로지 벌레에 관해 나는 벌레를 영원히 가두고 싶어 만지고 싶어 벌레를 먹고 싶어 벌레가 되고 싶어 벌레의 아이를 배서 몸에 알이 가득 들어찼으면 싶어 벌레를 낳았으면 싶어 벌레에 관해서만 쓰고 싶어 벌레에 알에 다닥다닥 뒤덮이고 벌레와 섞이고 싶어 내가 사랑해마지않는

벌레
벌레
벌레!

나는 벌레에 관해 말한다 선언한다 노래한다 소리친다
사람들이 몰려든다 상자를 뜯으려 한다 나는 비명 지른
다 이것은 단순한 우화가 아닙니다 우화가 아닙니다 왜냐
하면

* 루트비히 비트겐슈타인, 『철학적 탐구』, 이영철 옮김, 책세상, 2019,
p. 191.

청춘 리스트

자동차의 경적 뛰는 발소리
2분 느린 시계 어두움 지루함
교차로의 고함 끼익 연기
무기력 바닥에 떨어진 우산
고이는 흙탕물 침 아스팔트
밟힌 전단지 지직 번쩍이는 화면
꺼진 유리창 바람 위이잉 시멘트
거친 표면 토사물이 튄 변기
도어 록 소리 알약 반쯤 열린 창문
사라지는 남녀 웃음소리
삑삑삑 소나기 식은 콜라
형광등이 나간 엘리베이터
지친 종업원 정액이 튄 이불
공원 택시 기사 부우웅 밤
거짓말 불신 야간 버스 마찰
세탁기 찌그러진 생수병
노래방 항시 대기 플라스틱 의자
찌이익 24시 편의점 밀린 일기
불안 버려진 콘돔 껍질 지지직

빨간 십자가 택배 트럭 지하철역

조는 사람 스르륵 담배꽁초

늘어진 전깃줄 연락 두절 배신

끼이익 휴대폰 할인점 손톱

배달 오토바이 습한 공기

불면증 세 알 남은 피임약

불길한 꿈 삐삐삐 익숙한 알람

믿음? 소망? 사랑?

Principle of Sufficient Reason

몸에 종양이 자라나고 있다는 사실은 정말 하나도 놀라운 것이 아니었어요. 의사는 내 앞에 앉아서 펜을 딸각거리며 말했습니다. 악성일 가능성은 거의 없습니다, 수술 날짜를 잡죠. 그제야 모든 일이 이해가 되기 시작했어요. 탐정 만화의 마지막 화에서는 어김없이 범인이 밝혀지는 것처럼, 종양은 범인의 이름이었고 피해자는 나였습니다. 굳이 차이점을 꼽자면 만화는 흥미진진했지만 현실은 골치가 아프다는 점이었죠.

한 학생이 강가의 풀숲 사이에서 차갑게 경직된 사체로 발견된 것이 만화의 도입부에서 일어난 사건이었습니다.

누군가의 결말이 이야기의 시작이 된 거죠.

흑백으로 된 엠알아이 사진을 쳐다봤어요. 진료실의 투명한 보드에 붙어 있어 더 까맣게 보였습니다. 놀라운 점은 종양이 정말 희고 둥글다는 것이었어요. 이렇게 하얗고 보드랍게 생긴 세포 덩어리가 진짜로 더러운 내 몸에서 자라난 것이 맞는지 궁금했습니다. 잔뜩 웅크리고 있었어요. 팔로 무릎을 안아 몸을 둥글게 말고 내 배 속에서 출렁거리는 하나의 악의 없는 덩어리가.

구김살 없이 착한 범인. 볼이 동그랗고 귀여운 범인. 억울한 범인. 아무 이유 없이 내 배에 구멍을 내는 범인. 악성 아닌 양성 범인. 그제야 모든 일이 이해가 되기 시작했어요. 만화책 속의 아이가 억울한 죽음을 맞이한 정당한 이유는 없다는 것. 얌전하게 웅크린 종양에게 왜냐고 묻는 것은 별로 의미가 없다는 것을.

그냥 일이 그렇게 되어버린 거였죠.
어쩔 수 없이
그 아이는 그러한 포즈로 굳어지고 만 거예요.

만화 속 명탐정도 타인의 속마음까지 읽을 수는 없습니다. 나는 모든 일에는 원인이 있다고 믿어왔어요. 그러나 진료실에 와서야 겨우 이해했습니다. 악의 없는 범행도 존재한다! 의사가 엠알아이 사진을 집어넣으려고 하자 저는 잠시만요, 하고 종양을 조금 더 지켜봤습니다. 모양을 대강 외울 때쯤 대기실로 나오니 이유 모를 병에 걸린 사람들이 가지각색의 포즈로 차례를 기다리고 있었습니다.

밤무대

다섯 줄 사이를 걷는 음표도 비틀대고 싶다 기분이 들뜨면 쉽게 중앙선을 넘듯이 그래서는 안 되지 제자리를 지켜야 곡의 완성이니까 음악은 좌측통행으로 흘러야 하니까

그는 작은 바에서 피아노를 연주한다 사람들은 이름이 어려운 술을 마시고 그의 연주를 듣지 않는다 지배인은 고상한 음악을 연주하라고 주문한다 한 곡이 끝나면 비슷한 곡이 시작되고

곡과 곡 사이의 공백 그 빈틈에 재빨리 끼워 넣는 트로트 전주 한 가락 쿵짜작 쿵짝 음과 음 사이의 어긋남 균열을 낚아채는 일 엄지손가락의 곡예 건반으로 만드는 뽕끼 아주 작은 뽕짝 로맨스와 애상 사이를 잠깐 뒤흔드는 한과 네 박자의 맛

띠리리
라리리
리

진동이 멈추는 사이에 끼워 넣는 무한대 위태로운 비틀비틀 어제는 울고 넘는 박달재* 오늘은 돌아가는 삼각지** 찰나의 성인 가요 프로가 끝나면 다시 우아한 선율이 제자리를 찾고

　지배인은 바 테이블 뒤에 앉아서 졸고 있다 여태까지 그의 밤무대를 알아챈 사람은 없다 언제나 같은 자리에서 피아노를 친다 손가락을 삐끗해도 떠드는 음성은 계속될 테지만 멈출 수 없다는 것은 이상한 일 오선지 사이에 네 박자의 번쩍이는 쿵짜락 쿵짝을 끼워 넣으며

　* 박재홍.
　** 배호.

어느 트로트 경연 프로그램의 심사평

바이브레이션에도 강, 약이 있어야 해요
허어 어 어 어가 아니라
허어어 어어 어어어 으어예요
트로트는 솔직한 게 매력인 장르잖아요
진짜 감정을 담아 한 소절 한 소절을 불러야죠
변화구를 던지는 야구 선수가 되어보세요
상대가 어디로 배트를 휘둘러야 할지 알 수 없게끔
예측되지 않는 노래를 부르세요
가령 1절은 담담하게, 2절은 애절하게 부르는 거예요
지금 참가자분의 노래는 그,
간절함에 비해 깊이가 없어요
깊어야 해요…… 지하수처럼……
맑아야 해요…… 1급수처럼……
토해내야죠
내뱉어야죠
우직하게 우물을 파는 사람처럼요
물이 나올까, 말까,
목이 말라 죽기 직전까지
애간장을 태우다가

마지막에 시원한 물이 고이는 우물처럼요

더…… 더…… 깊어야 해요……

아니요? 우물로는 부족합니다

바다로 가세요 선원이 되세요

꿈을 안고 출항하는 바다의 사나이가 되세요……

오늘 무대는 좀 아쉽지만

가능성을 봤기에 합격 버튼을 눌렀습니다

무대 잘 봤습니다

줌바 버전

트로트를 좋아한다고 말하지 않는다
저는 로파이힙합이나 시티팝을 즐겨 들어요
너 그거 다 가짜지?
예리한 놈

플레이 리스트란 원래
저주와 애증으로 가득한
숨어 쓰는 일기장 같은 거니까

결연한 표정으로 단상에 올라가서
바지 지퍼를 내려버릴 듯이 말한다
이래야 제가 증명되겠습니까?

팬티를 내리고 나의 로고를 보여줘버려
로고 없는 짝퉁 가방은 없는 법이잖아

나는 저녁마다 동네 헬스장에 가서
중년 여성들이 줌바를 추는 모습을 봐
현란한 최신 유행 트로트를 틀어놓고

하나도 맞지 않는 박자 제멋대로인 동작
통일감이라고는 없는 상의와 하의

땀냄새가 진동한다
원투쓰리포 아 원투쓰리포 소리치는 줌바 강사님
탈의실에서 형님 밍크 사셨슈? 하고 물으면
호호호 이거 짜가야 하고 웃는 줌바 회원님

수치심을 모르는 척 몸이 흔들린다
트럭이 빵소니치고 가도 끄떡없는 몸
들것에 올라갈 때 박자에 맞춰 출렁이는 살과 피부
그래도 웃는다 억지로 웃으면 금니가 반짝이고

살아남은 밍크의 삶을 생각한다
그 검고 어리둥절한 눈동자를

그 노래는 말이야,
원곡보다 줌바 버전이 더 좋다?
뽕짝거려서 더 신나

박자를 잘 못 맞춰도
그래도 춤을 춘다?

리듬은 못 타도 쿵짜작 쿵짝
몸치로 살아남아
필사적으로 몸을 흔들고 있어

집단 상담

    다시는 아삭해질 수 없는 오이피클의 절망 (짜!) 저승의 석류를 딱 한 입 베어 문 영혼 (몰랐어 억울해) 태양을 무심코 올려다본 흑백필름 (눈이 멂) 종양과 함께 잘라낸 왼쪽 난소 (비교적 흔한 질병입니다) 혼자 남은 오른쪽 난소의 외로움 (가지 마!) 오크 통 속에서 케케묵은 21년짜리 울음 (비싸지는 중) 환풍구 없는 방에 가득한 담배 연기 (벽지가 누레지고) 마시멜로를 이미 먹어치운 아이 (엄마 언제 와?) 한번 달콤해지자 평생 끈적이는 피 (체중을 조절하셔야겠군요) 반주가 흐르자 합창을 시작하는 불안 (못 들어먹겠어!) 폭식과 거식의 배턴터치 (이 또한 비교적 흔한 질병입니다) 텅 빈 이름 (아무도 못 불러) 알코올중독자의 일기장 (뭐라고 쓴 건지) 삼각김밥 하나로 채워지는 손쉬운 허무 (7백 원) 섬의 면적을 가진 점의 갑갑함 (꺼내줘!) 문드러지기 직전의 과육 (당도 최고조) 빛을 끌어당기지 못하는 블랙홀의 무기력 (왜 나를 피해?) 자살 기도 직전에 시킨 짜장면 (먹어줘) 증상이 없는 전염병 (너도 곧 걸림) 성경 대신 수제 맥주로 가득 찬 수도원 (바람직) 참인지 거짓인지 영원히 알 수 없는 문장 (어쩌라는 건지) 원인을 모르는 대멸종 사건 (다 어디 갔지?)

너는 대숲에 왔다*

뵈지도 않는 입김의 가는 실마리

너는 죽으러 대숲에 왔다. 아직 입김이 눈에 보이지 않
는 계절. 그런 계절에도 입에서 흘러나오는 것들은 분명
히 있었고, 삶에서 흘러나오는 오물들이 있었고. 너는 그
모든 것을 틀어막고 싶었다. 너는 머리에 비닐봉지를 두
르고 사라지는 산소를 들이마시려 한다. 숨이 가빠진다.
희박해진다. 희뿌연 비닐이 너의 일그러진 표정으로 달라
붙는다.

새파란 하늘 끝에 오름과 같이

대나무의 끝이 하늘을 가린다. 반투명의 플라스틱 봉지
너머로 드문드문 보이는 하늘. 위를 향해 보이지 않는 것
들이 올라가고 있다. 줄기의 끝에서 분열을 계속하며 쌓
여 올라가는 것들. 조여오는 기분, 뿌옇게 변하는 시야. 대
나무는 원래 나무가 아니다. 너는 풀로 태어난 것을 나무
라고 부르고 싶지 않았는데, 그 무엇에도 잘못된 이름을
붙이고 싶지 않았는데.

대숲에 숨은 마음 기어 찾으려

너는 대숲에 왔다. 잃어버린 마음 때문에 왔다. 위로는 자라도 옆으로는 자라지 않아서 자꾸만 가늘어지던, 그러나 절대 끊어지지는 않던, 마음, 세월이 지나도 남지 않는 나이테에 허망해지던, 여전히 숨을 쉬고 살아가고 자라났지만, 켜켜이 쌓여갔지만, 영원히 속은 텅 빈, 절대로 채워지지 않는, 그런 마음 때문에, 너는 여기까지 왔다. 기어서 왔다. 팔을 휘저으면 풀잎에 손이 베이고,

삶은 오로지 바늘 끝같이

너는 뭉툭한 것들을 모두 잘라 창으로 만들어야 했던 사람. 마음을 갈아 날카롭게 만들어야 했던 사람. 너는 싸워야 했다. 그럼에도 무찌를 수 없는 것들은 분명히 있었고. 마모되어 사라져가던 마음 찾아 너는 대숲에 왔다. 그곳에는 오로지 텅 빈 바람 소리. 너의 손이 벌벌 떨며 비닐을 더듬는다. 삶이 너를 찌른다. 살라고, 살라고. 뭉툭한

손끝으로 풀기 어렵게 묶은 매듭을 찾는다. 너는 아직도
대숲에 있다.

* 이 시에 이탤릭체로 삽입된 네 행은 김영랑의 『영랑시집』(시문학사, 1935)의 스물다섯번째 시 전문이다.

폭탄이 불량이 아니라는 사실은

밤마다 문을 잠그고 만든 사제 폭탄
재료는 방바닥에 굴러다니는 날파리의 사체와 머리카
락, 자조, 찌그러진 트럭의 가스통을 훔쳐 만든 뇌관. 약간
의 멜랑콜리, 증오

혹은 태어나서 가장 먼저 들은 목소리의 기억

오늘 밤 폭탄은 완성되고
비극의 한 장면을 펼친다 나는 변덕스러운 독백을 내뱉
는 미치광이 왕자님도 아니고, 비문을 너무 많이 읽어 죄
다 외워버린 무덤 일꾼도, 흔들리는 물 위로 천천히 떠내
려간 어린 소녀도 아니지만

그들과 나의 공통점은 딱 하나
죽음의 신이 된다는 것
자신이 사랑하던 모든 사람을 끝으로 몰아넣는 신
내가 그들을 사랑했다는 이유만으로, 한 번의 폭발음에
형체 없이 소음으로

여기 좀 봐,
이거 내가 만들었어
사랑의 침전물을
꼭꼭 뭉쳐 만들었어

오늘 밤 폭탄은 완성되고 나는 신문지에서 그들의 이름
을 오려내서 택배 상자 위에 붙인다 자음과 모음을 따로
잘라내 조합하기도 하며 지문이 묻지 않게 장갑을 끼고

내가 어떤 어조로 그 이름을 불렀었는지…… 다정했는
지 짜증과 애정이 섞여 있었는지 아니면 울먹였는지 그것
도 아니라면 간절했는지 아무런 기억도 나지 않고

양수에서 울렁거리던 박동
나와 이어진 줄
귀를 가져다 대면 들리던
바스락대는 소리
두드림
몸의 온도

그 무엇도

터지느냐, 마느냐, 정답은 아무도 모르지
폭탄이 불량이 아니라는 사실은 폭발로만 증명될 수 있
으니까
언제 터져버릴지 가늠할 수 없는 파멸과
어디로 날아가 박힐지 모르는 파편의 가능성
초록 박스 테이프로 밀봉한 정체불명의 택배에 왼손으
로 적은 익숙한 주소

폭탄이 담긴 박스는 오늘 밤 그들에게 간다
그건 누가 봐도 수상하다
그러니까
열어보지 말라고
절대 꺼내지도 말라고

4부

비어 있는 방

고대인들은 영혼이 없다고 말하면 재판장에 세워졌다

영혼은
텅 비어 있는 직사각형
무딘 가위에 잘려 당신의 손을 베게 하지 않는 벽지
공간이 되어 당신의 사생활을 가만히 바라보는 책장

지나가는 사람이 초인종을 누르고 도망가고
당신이 오래 머물듯이 기웃거리는 곳

영혼에는
불가능한 것들이 머문다
둥근 삼각형, 뜨다 만 곰 인형, 혹은 추리소설 속 괴도
뤼팽

당신이 네모라고 부르면 원이 되고
직선이라고 부르면 점이 되는 방에

당신은 영혼을 임대하고

어느새 침실이 생기고 춥다고 말하면 보일러가 켜지고
샤워를 하면 온수가 나오고 만두를 사 오면 전자레인지가
나타나는
　당신이 켠 구석의 스탠드에서 잠시 낮은 채도가 번진다

　가능하다고 말하면
　세계가 생기는

　이제 영혼이 있다고 말하는 현대인은
　지하철역 앞에서 전단지를 나눠 주고 있다
　하나님은 우리의 영혼을 사랑으로 감싸십니다

　임대는 끝의 개념을 내포한다
　당신은 온통 짐을 빼고
　다시 영혼은 비어 있는 방
　그 옆에는 펄럭이는 임대 문의 현수막이

충돌에 관한 사고실험

내면이 사라진 행성을
상상할 수 있니?
인간과 똑같이 생긴 생물들이 밥을 먹고 운전을 하고
회사로 돌아가 일을 하고 때로는 글을 쓰고 운동을 하고
잠에 들지만
그들의 내면이 죽어버린 세계를

상상할 수 있니?
고통을 모르면서 종이에 손이 베이면 신음을 흘리고
슬픔을 모르면서 장례식장에서 넥타이로 눈물을 닦는
색을 모르면서 노을이 지는 하늘에 대고 셔터를 누르는
안으로부터 죽어버린 생물들의 세계를

상상 가능하다
그러므로 가능하다
그러므로 어딘가 존재한다*

타당하지 않다고 해도
증명할 수 없다고 해도

믿게 되는 구절들이 있어
전제와 결론의 나열로는
설명할 수 없는 번짐이 있어

욕망하고 환희하고 경악하고 배신하는 내면의 존재를
손가락이 아프니까 괜찮다며 억지로 웃고 삶을 아끼니
까 자기도 모르게 눈물이 나고 쉽게 절망하니까 쉽게 의
지하고 의심하니까 묻지 못하는 마음을
나는 나만큼의 내면을 가지고 당신은 당신만큼의 내면
을 가지고 우리는 꼭 인간만큼의 내면을 가지고 있다는
사실을
나는 믿는다

빛의 속도로 다가오는 죽은 별의 마지막 순간보다도
증명하기 어렵지만 관찰할 수 없지만 보이지 않지만

내면의 질량
내면의 중력
우주를 이루는 점의 무리

그러나 부피를 가진 점의 집합
그래서 사실은 점이 아닌 것들

내면이 멸종한 행성을
불가능하게 만드는 거대한 외로움이 있어

어제 우리가 나눈 대화
당신이 나에게 몸짓으로 전한 인사와 내가 침묵으로 대
답한 질문 침묵을 이해하는 눈빛과 독특한 말의 리듬
이 모든 게 거짓인 행성을 상상할 수 있니?

나의 내면과 당신의 내면을 통역하는 언어가 생기고 당
신은 나의 일기를 낭독하고 나는 당신의 소설에 밑줄을
치고 포스트잇을 붙인다

우리를 기록하고 우리의 언어는 내면으로 스며들고 의
미로 번지고 당신이 나의 이름을 부르면 고개를 돌리고
그 이름을 이루는 소리가 나를 뜻한다고 여기고 그 이상
을 의미한다고 여기고 때로는 소음에 불과하다고 애써 무

시하며 그러나 그게 전혀 소음이 아니라는 사실을 되뇌
면서

의미가 사라진 세계를
상상할 수 있니?

별들의 거리는 생각보다 아주 멀기 때문에
은하와 은하가 충돌해도 별들은 서로를 비껴가지만

우리의 몸과 몸이 만날 때
오로지 물질로 구성된 육체들이 부딪힐 때
함께 충돌하는 그것 스며들어 번지는 그것
그제야 만들어지는
우리를 입자의 덩어리가 아니게 하는
입술로 흘러나온 파동 너머의 그것을

의미가 아니라고 상상할 수 있니?
내면이 아니라고 상상할 수 있니?

우주는 팽창하고 모든 점은 멀어진다고 해도

다가가는 찰나가 있어

미시적인 순간이 있어

징그러워서 뒷걸음치더라도 끔찍해서 비명을 지르고
싶다가도 결국 만나게 되는

내면의 속력

내면의 가속

나는 나만큼의 빠르기로 당신은 당신만큼의 온도로 우
리는 인간만큼의 보폭으로

증명을 거스르는 일

* 이 부분은 데이비드 차머스가 제안한 철학적 좀비에 관한 상상 가능성
논변을 거칠게 변형한 것이다. 철학적 좀비란 외면적으로는 보통 사람과
똑같게 행동하지만, 내면적인 경험을 가지지 않은 인간을 의미하는 심리
철학의 한 개념이다.

악의 문제

애매한 시간에 깨면 그제야 창문을 열어둔 채로 잠에 들었다는 걸 알게 된다.
불빛이 나간 전자시계의 화면이 보이지 않는다.
비행기가 지나가는 소리가 가까워진다.
조개 속에서 들리는 허무한 파동과 비슷하다.

어떤 바다를 건너온 걸까,
비행기에 타고 있는 어린 신은?
초록색 간판, 공업 도시, 몰려가는 구름, 절뚝이는 개······
신은 인간과 인간이 아닌 모든 것을
동그란 창밖으로 장난스럽게 쳐다본다.

팔을 뻗을 힘이 없다. 내 몸에서 빠져나간 것. 몇 밀리그램의 수분과 토사물. 아무것도 가둬두지 못하는 내 영혼을 눈으로 보고 싶다. 모든 목소리가 성긴 구멍 사이로 흘러내리는 쓸모없는 그물. 이제는 내버려둔 창문을 닫아야 하는데.

거봐, 신이 이미 내 방을 발견했잖아.

페인트가 벗겨진 창틀을, 잔뜩 어긋나서 날파리가 드나
드는 방충망을.

오랫동안 빨지 않은 수건들이, 김빠진 제로콜라가 담긴
페트병이, 아무렇게나 벗어놓은 피 묻은 팬티가, 혼자 마
시고 구겨놓은 수입 맥주 캔이, 반납 예정일이 한참 지난
개론서가, 어디선가 훔쳐 온, 그러나 아무도 훔쳐 갔는지
모를 엘피 바의 코스터가 널브러진 나의 방을
발견해버렸잖아.
들여다보게 되었잖아.

영혼도 도둑맞을 수 있다는 거 알고 있니?
어린 신의 도둑질은 짜릿한 무용담이자
천국의 친구들에게 못된 웃음으로 속닥이는 자랑거리
가 된다.
풍선껌 맛인 줄 알고 훔쳤을 게 분명해,
물이 빠진 공업용 플라스틱의 냄새를 풍기는 줄도 모
르고.

애야, 뭐든 잔뜩 부풀면 구멍이 난단다.
예외는 없어.

어린 신은 손에 꼭 쥔 영혼을 펼쳐서
더듬더듬 씹어본다.
신의 얼굴이 일그러지는 걸 본 적이 있니?

　창문을 황급히 닫는 어린 신의 손. 구멍도 적당히 커야
그물이 된단다. 버려진 조개껍데기에 철사와 쓰레기를 엮
어 만든 목걸이를 신의 가느다란 목에 걸어주고 싶다. 내
가 가두지 못한 착한 것들을 모두 모아서,
　온몸의 힘을 다해서.

구멍의 존재론

형이상학 시간에 교수님이 물었습니다.

양말에 뚫린 구멍은 존재하는 것일까요, 존재하지 않는 것일까요? 그저 그 부분이 벌어진 양말만이 있나요, 양말의 부재로 생겨나는 어떤 것이 있나요?

그날부터 나는 구멍에 관해 생각하기를 멈출 수 없었습니다.
비록 우리는 존재가 무엇인지부터 논해야 했지만요.

하나의 구멍을 가지고 있는 존재들은 이리저리 주무르면 도넛 모양으로 만들 수 있습니다. 같은 원리에 의해 인간의 몸도 도넛 모양으로 만들 수 있지요. 우리는 입에서 위, 장에서 항문으로 이어지는 기나긴 구멍, 물리적인 구멍을 가지고 태어났기 때문입니다.

욱여넣으면 토해내는 것이 우리의 순리입니다.

그렇다면 우리의 비물질적인 부분,

가령 정신? 마음? 영혼?

혹은 유식하게 심적 속성?

뭐라고 불러도 상관없습니다만,

편의상 영혼이라고 부르기로 하죠.

그곳에도 구멍이 있을까요? 나는 오래도록 생각했어요.

살아가는 모든 것의

타고난 결핍

타고난 허무

타고난 무의미

타고난 균열

타고난 어긋남

이것들에 붙일 알맞은 이름을 생각했어요.

구멍

오래도록

구멍

생생하게 우리를 찾아오는 빈자리. 나는 이것들을 구멍이라 부르고 싶습니다. 그러니까, 나는 영혼에도 구멍이 있다고 믿고 있어요.

뻥 뚫린 순간
울게 되는 것

누군가 나의 오래된 티셔츠에 생긴 구멍을 발견한다면, 내가 머리를 쓸어 넘기려 팔을 올릴 때마다 모두가 구멍 속 겨드랑이를 찬찬히 들여다본다고 생각한다면,
신발을 벗어야만 하는 식당에 들어가는 순간 검은 스타킹의 뒤꿈치가 죄다 해어져 있다는 사실이 떠오른다면,
혹은 내 머리카락 속에 숨어 있는 원형탈모를 뒷자리에 앉은 사람이 빤히 관찰하고 있었다면,

들켜버린 순간
비명을 지르게 되는 것

구멍을 마주치면 도망가는 것이 인간의 순리입니다.

누군가는 영혼의 구멍을 만질 수도, 볼 수도 없다고, 그러므로 존재하지 않는다고 반론할 수도 있겠지요. 하지만 구멍이 게걸스럽게 빨아들이는 것들을 보세요. 우리에게 빈 곳을 채워 넣으라고 명령하는 구멍의 중력. 비어 있는 것의 질량. 갈구하는 묵직함.

이것들을 느낄 수 없나요?

중력은 존재를 추정하는 훌륭한 근거가 된답니다.
암흑 물질은 관측할 수 없지만 모든 과학자는 아무런 거리낌 없이 그것의 존재를 믿고 있어요. 끌어당기므로 존재하고 존재한다고 생각하기로 우리는 약속하고

눈에 보이지 않는 검은 물질은
오늘도 구멍을 훑고 지나가고

그때 느껴지는 서늘함
우주를 가득 채운 미지의 물질이

구멍을 관통하는

그 감각

손아귀

누군가는 구멍 속에 타인을 구겨 넣기도 하더군요. 그
들은 타인을 빨아들이고 구멍이 채워졌다고 믿습니다. 타
인을 구멍 속에 웅크리도록 가두고 떠나지 말라고 빌기도
하고 협박하기도 윽박지르기도 기도하기도 하고 놔주지
않고

타인은 떠나가고 구멍은 텅 비고

원하고

누군가는 그걸 사랑이라고 부르기도 하더군요.

이별이라고 부르기도 하더군요.

하나의 구멍을 가진 영혼을 주무르면 물론 도넛을 만들
수 있습니다. 영혼이 무르익을 때, 밀가루가 부풀어 오를
때 나는 찰나의 달콤한 냄새 같은 것. 살아 있다고 느끼게
하는 아주 잠깐의 풍경.

사실은 얼룩에 지나지 않았음을 알게 되는, 의미 같은 것.

우리의 영혼으로 만든 도넛을 베어 물면, 늘 모르는 맛이 납니다.

달콤한 것들은 쉽게 녹아내리는 것이 순리입니다.

도넛을 도넛으로 만드는 것. 매끈하게 코팅된 설탕시럽도 고르게 올려진 초콜릿칩도 아닌 그것. 인간을 인간으로 만드는 것.

구멍, 구멍입니다.

당신은 도넛이 아니라고 믿습니까?

당신에게는 구멍이 없다고 믿습니까?

어떤 대답을 하든 괜찮습니다. 인간이라면 구멍을 감추기 위해 최선을 다하는 것이 당연하니까요. 아, 혹시 여러 개의 구멍을 가지신 건 아니겠지요?

그렇다면 유감입니다만,

학기 말까지 교수님은 구멍에 대해 별다른 이야기를 하
지는 않았습니다. 그러나 나는 아직도 구멍에 관해 생각
하기를 멈출 수 없습니다.

생생하게
나를 관통하는
압도하는
그것
영혼을 영영 혼자이게 하는
펄펄 뛰며
채워 넣기를 명령하는 그것

사랑이나 정의, 투쟁 혹은 혁명으로도
틀어막을 수 없는 틈새
없는 것들로 정의되는
여집합으로만 서술할 수 있는
고집스러운 빈자리

그것의 이름을 짓기 위해 필멸의 운명이라거나 실존적 고독, 이런 거창한 단어들을 들먹일 필요는 없습니다.

그것은
단지 구멍
존재의 구멍
구멍의 존재
그것은 여기에 있습니다.

'철학적으로 청소된' 영혼의 문장들

조연정
(문학평론가)

"이 세상에 불행이 없다면 우리는 스스로 천국에 있다고 믿게 될 것이다."* 시몬 베유의 문장이다. 『중력과 은총』에서 그는 신에 비해 인간이 가질 수 있는 우월성이 바로 고통이라고 말한다. 이러한 고통을 대하는 인간은 그것이 유용하기 때문에 고통을 사랑해야 하는 것이 아니라, 그것이 '있기 때문에' 사랑해야 한다. 이 세상에 불행이 없다면 인간은 스스로 천국에 있다고 믿게 될 것이며, 이러한 착각은 베유가 생각하는 지옥의 두 가지 개념 중 하나이다. 고통에 관한 그의 생각은 다음과 같은 결론에 이른다. "불행 속에서 겪는 고통과 타인에 대한 연민은 우리의 기쁨이 충만할수록 더욱 순수하고 강렬해진다." 기쁨이 없는 사람에게서 고통이 앗아갈 것은 없고, 고통은

* 시몬 베유, 『중력과 은총』, 윤진 옮김, 문학과지성사, 2021, p. 111. 이하 이 글 첫 단락의 내용은 pp. 111~17에서 부분적으로 인용함.

결국 기쁨의 충만함을 증명하는 것이 된다. 이렇게 고통은 그저 존재한다. 아니, 그래야 한다. 인간은 "무無이고 빈자리인 고통 속에서 더욱 충만한 실재를 발견할" 수 있기 때문이다. 보통의 인간들은 자신 앞에 닥친 불행을 그 불행이 곧 끝날 것이라고 생각하거나 영원히 끝나지 않을 것이라고 생각하면서 견딘다. 그러니까 제 앞에 놓인 불행을 있을 수 없는 예외적인 것으로 여기며 참아내거나 오히려 명백한 이유가 있는 필연적인 것으로 인정해야만, 인간은 그 불행을 견뎌낼 수 있다. 그러나 베유의 생각은 다르다. 인간은 '쓰라린 괴로움'을 괴로움인 채로 받아들일 때에만 '천국에 있다는 착각을 넘어' 기쁨의 충만함이 실재하는 것을 확인할 수 있다.

"내 여자친구는 비만입니다. 온 세상이 고통이라서 허기에 늘 집니다"(「내 여자친구를 소개합니다」)라는 인상적인 문장을 선보이며 작품 활동을 시작한 유선혜의 첫 시집 『사랑과 멸종을 바꿔 읽어보십시오』에는 허기처럼 일상적인 고통이 드러난다. 이때의 허기는 비유가 아니다. 사실 이 시집의 주된 정조가 고통이라고 말하는 게 어색할 만큼 유선혜가 그리는 아픔들은 평범하고 자연스러워 보인다. 이십대 특유의 민감한 감성과 이유 없는 무력감을 진솔하게 내보이거나, 가난한 사랑을 묘사하거나, 때때로 개인적인 상처에 대해 말할 때, 유선혜의 시는 즉각적인 감정들을 생생하게 드러내는 데 주력하기보다는 인생의 섭리에 통달한 듯 대체로 평온하고 진지한 태도를 취한다. 그는 '사랑'과 '멸종'을 함께 생각할 줄 알고(「사랑과 멸종을 바꿔 읽어보십시오」), 고차원적인 유한한 쾌락과 질이 낮지만 무한한 쾌락을 견주어보기도 하며(「영생의 굴」), 영혼을 가진 인간은 어딘지 모르게 빈 구멍을 간직한 존재라는 생각에 골몰할 수 있는(「구멍의 존재론」) 시인이기 때문이다.

죄를 지어 인간으로 다시 태어난 공룡이 "오랜 시간 후에 이 세상을 또다시 방문하는 마음"(「어떤 마음을 가진 공룡이」)을 간직하고 있듯, 유선혜의 시에서 강조되는 것은 엄밀히 말해 호기심이라기보다는 탐구심이다. "취미는 살아 있기, 특기는 고요하기라고"(「내 여자친구를 소개합니다」)도 말했던 그는, 곳곳에서 자주 인용되고 있는 철학적 질문들처럼, 이른바 감각적으로 체험된 삶에 관한 '사고실험'에 가까운 시를 담담히 쓰고 있다. "자기감정을 과장하지 않고 나직하게 진술하면서도 시적 발견의 지점을 쉽게 끝맺지 않고 곱씹어가는 끈기 있는 호흡을 보여주었다"(이근화)라는 데뷔 당시의 심사평에 절로 고개가 끄덕여지는 것이다. 다시 한번 베유의 문장을 차용해 말해보자면 우리는 유선혜의 시를 "철학적으로 청소된" 영혼에 관한 문장들이라 부를 수도 있겠다. '철학적으로 청소된 종교'는 "그 안에 있으면서 **또한** 밖에 있어야 한다"*는 것을 의미한다. 이십대 한복판에서 씌어진 그의 시에서는

다소 퉁명스럽게 보이기도 하는 삶을 관망하는 태도 같은 것이 느껴진다. 그가 그리는 "쓸모없는" "엉터리"(「잡종의 별자리」) 청춘은 영혼의 허기에 유독 진지하고, 엉뚱하다고 하기엔 고차원적이고, 한없이 무기력하다기보다는 꽤 필사적이다. "이걸 쓰지 않으면 어떻게 살아가죠?"라고 말하면서도 "졸업 전까지 가방 속의 시집들을 반납해야 한다는 사실"을 떠올리는 시인이 아닌가. 그는 영혼의 빈 곳을 넘나들며, "망해버린 꿈들"과 "비약만 있는 미래"(「반납 예정일」) 사이에서, "구름을 미분하는 기분으로"(「영으로 갈 때」) "삶의 입자를 쪼개"(「내 여자친구를 소개합니다」)며, 사려 깊은 청춘의 문장들로 "무질서한 궤적"(「반납 예정일」)을 그리는 중이다. 어쩐지 슬프기도 하고 애틋한 유선혜의 사고실험에 동참해보자.

*

이 시집에는 방이 자주 등장한다. 그가 그리는 방에서는 마치 모든 사물이 그림자로만 존재하는 듯 "흑백의 세상"만이 보이거나 "무채색 목소리"(「흑백 방의 메리」)만 들린다. "입학을 앞두고" "시작을 기념"하기 위해 빌린 해변의 객실에서는 설렘보다는 왠지 "놓치고 있다는 기분이

* 같은 책, p. 178.

들"(「하얀 방」)기도 한다. 특히 비어 있는 방에 홀로 남아 있는 이미지들도 여러 시에서 반복적으로 등장한다. 아무도 없는 교실에서 미분 문제를 풀며 "끝으로 간다는 것에 대해" 그리고 "끝나지 않는다는 것에 대해"(「영으로 갈 때」) 골몰하며 영원히 혼자가 된 기분을 느꼈던 학창 시절, "아무도 오지 않는/복도 끝의 방"에서 마치 "죽어가는" 기분으로 "무용한 언어"로 "멸망해버린 사랑"(「제2외국어」)을 말해보던 어떤 시절 들이 회상되기도 한다. 유선혜가 그리는 빈방은 대체로 고독과 허무를 자아내는 곳이며 그 "텅 비어 있는 직사각형"의 공간은 그 자체로 영혼의 상징이 되기도 한다.

「비어 있는 방」에서 시인은 "영혼은/텅 비어 있는 직사각형/무딘 가위에 잘려 당신의 손을 베게 하지 않는 벽지/공간이 되어 당신의 사생활을 가만히 바라보는 책장"이라고 말한다. 영혼은 방이다. 우리가 실제로 존재하는 그곳이 바로 우리의 영혼이다. 그렇다면 영혼은 "임대"될 수 있으며, 채워지거나 비워질 수 있고, 물론 파괴될 수도 있다. 영혼이 방이라면 제 소유의 온전한 집을 가질 수 없다는 이유로("우리가 이 방의 주인이 아닌 것처럼") "우리는 우리의 주인이 아니"(「하얀 방」)게 되기도 한다. 유선혜가 그리는 이러한 빈방의 이미지는 이른바 배고픈 청춘의 상징과 무관하지는 않겠지만, 그가 정말 집중하고 있는 것은 대체로 영혼의 허기 같은 것이다. 그의 시에서 방,

구멍, 빈 곳 등은 모두 영혼을 지시하고 있다. 이 시집에 첫번째로 실린 시를 읽어보자.

　　삶에 대해 자꾸 논하고 싶은 게 제가 걸린 병이에요. 잘못된 선택이 모이면 그 인생은 대체로 슬퍼집니다. 제일 슬픈 일은, 자신이 슬픈 줄도 모르는 거예요. 가끔씩 빌라 입구에 나와 사료를 주는 인간이 자기 부모인 줄 알고 살아가는 고아가 된 짐승처럼요. 자려고 누우면 괄호 쳐버린 많은 일이 떠오릅니다. 일찍 자기. 아침에 일어나기. 적당히 먹기. 적당히 근육과 관절을 움직이고 적당히 울기. 매일 머리를 감고 하루에 30분 이상은 햇볕을 쬐기. 어제는 머리가 간지러워서 잠에서 깼어요. 두피에 난 상처를 박박 긁다가 손톱 밑에 피가 꼈어요. 딱지가 지면 바로 뜯어버렸어요. 가여운 딱지. 머리에 구멍이 났어요. 제가 키우는 귀여운 구멍이랍니다. 조금 더 커지면 야옹 하고 울지도 몰라요. 참을 수 없어서 머리를 감았습니다. 샴푸를 눌러 짜서 거품을 내기 위해 팔에 힘을 주는 일이 조금 어렵게 느껴졌어요. 머리카락이 빠져서 수챗구멍을 막았습니다. 그래요, 아무 데나 괄호를 쳐서는 안 되죠. 적당히 쳐야 해요. 괄호 쳐야 하는 것은, 가령 세계의 의미나 인생의 허무에 대한 과도한 망상 같은 것. 내가 사실은 두 발이 변색된 인형이라거나 밤하늘이 흰색 콘크리트 벽에 큰

빔 프로젝터로 쏜 그림자라거나 우리 외할아버지가 어
딘가에 살아 있어서 내 소식을 몰래 듣고 있을 거라는
생각. 그런 생각들은 머릿속의 구멍을 점점 크게 만듭
니다. 딱지가 질 시간도 안 주고. 쥐약을 잘못 주워 먹
고 죽어가는 고양잇과 생물처럼, 궤양이 생기고 마는
그것들의 위처럼, 경련을 잠시 일으키다 이내 가만히
있습니다. 쥐가 아닌 생물을 위해 쥐약을 치는 사람은
없습니다. 배가 너무 고파서, 뭐든 입에 넣고 보는 선택
이 우리를 슬퍼지게 만드는 거겠지요.

　　　　　　　　　　　　　　　──「괄호가 사랑하는 구멍」전문

　"일찍 자기. 아침에 일어나기. 적당히 먹기. 적당히 근
육과 관절을 움직이고 적당히 울기. 매일 머리를 감고 하
루에 30분 이상은 햇볕을 쬐기" 등과 같은 일상의 소소한
규칙을 지키는 게 목적이 되는 삶은, 그러니까 "세계의 의
미나 인생의 허무에 대한 과도한 망상 같은 것" 혹은 이제
는 볼 수 없는 외할아버지에 대한 그리움이나 자신에 대
한 엉뚱한 상상 같은 것을 접어두고 사는 삶은 행복할까.
적어도 시인에게는 불가능해 보인다. "삶에 대해 자꾸 논
하고 싶은 게 제가 걸린 병이에요"라고 말하는 이 시의 화
자는 삶에 대해, 인간에 대해, 자신에 대해 적당히 괄호 치
는 방법을 몰라서 인생이 힘겹다고 말한다. 유선혜의 시
가 탄생하는 곳이 바로 여기가 아닐까.

삶에 대해 자꾸 논하고 싶은 병, 그러니까 "머릿속의 구멍을 점점 크게 만"드는 생각들은 "이걸 토하지 않으면 어떻게 살아가죠?"(「반납 예정일」)라고 말하며 뭐든 쓸 수밖에 없는 이유가 된다. 두피에 난 상처가 딱지가 되어 아물자마자 바로 뜯어낼 수밖에 없는 참을 수 없는 충동이, 즉 영혼의 허기와 존재의 결핍을 적당히 모른 척할 수 없는 사정이 그가 시를 쓰는 이유이다. 그렇다면 "배가 너무 고파서, 뭐든 입에 넣고 보는 선택이 우리를 슬퍼지게 만드는 거겠지요"(「괄호가 사랑하는 구멍」)라는 문장은 유선혜의 창작 동력을 보여주는 결정적 대목으로 읽힐 수밖에 없다. 도무지 쉽게 '괄호 칠 수 없는 생각'들, 즉 영혼에 구멍이 난 듯한 엉뚱한 생각들은 피할 수 없는 허기처럼 실재한다. 그래서 그는 쓸 수밖에 없다. 자꾸 딱지를 뜯어 상처가 덧나고 커지듯 괄호 칠 수 없는 생각들을 떨칠 수 없는 시인은 시를 쓰는 내내 고통스럽고 슬플 수밖에 없다. 「내 여자친구를 소개합니다」에서 "온 세상이 고통이라서 허기에 늘" 지고 만다는 비만의 여자친구는 바로 '시 쓰는 나'의 모습에 가깝다.

"이제 영혼이 있다고 말하는 현대인은/지하철역 앞에서 전단지를 나눠 주고 있다"(「비어 있는 방」)라고 시인이 말했듯, 인간의 영혼은 일상의 우리에게 더 이상 흥미로운 탐구 대상이 되지 못할지도 모른다. 그런 점에서 유선혜의 시가 '영혼'이라는 단어를 단도직입으로 말하고 있다는 것은 특히나 인상적이다. "우리의 비물질적인 부분,/가령 정신? 마음? 영혼?/혹은 유식하게 심적 속성?/뭐라고 불러도 상관없습니다만,/편의상 영혼이라고 부르기로 하죠"라고 말하는 그에게서 사실상 영혼의 충만함 혹은 그것에의 매혹 같은 것을 찾을 수는 없다. 이 시집에서 영혼은 언제나 구멍 난 것으로 존재한다. "살아가는 모든 것의/타고난 결핍/타고난 허무/타고난 무의미/타고난 균열/타고난 어긋남"(「구멍의 존재론」)을 달리 부르는 말이 바로 '영혼'이고 '구멍'인 셈이다. 더욱 주목해볼 만한 것은 유선혜가 이러한 결핍으로서의 영혼을 말할 때 그것을 언제나 분명히 감각되는 실체로 그려낸다는 점이다. 가령 「Nirvana」에서 그것은 "누군가 네 심장을 주물럭거리는 느낌"으로 존재한다. 영혼의 구멍은 '중력처럼' 당연하게 그리고 명백하게 존재한다는 것이 그의 시에서 두드러지는 부분이다.

　나아가 유선혜의 시에서는 영혼의 결핍을 결핍으로 감각할 수 있는 '나'와 더불어 그러한 '나'를 향하는 시인의 연민과 애정이 강조된다. "제일 슬픈 일은, 자신이 슬픈 줄도 모르는 거예요"(「괄호가 사랑하는 구멍」)라고 말하는 시인에게 "한밤중에 불이 켜진 부엌에서 라면을 끓이"(「내 여자친구를 소개합니다」)는, 이토록 분명한 '나'의 허기는 애틋할 수밖에 없다.

너는 록스타가 될 수 없어

작은 공연장에서 열린 록밴드의 공연을 보며 너는 토할 것 같은 기분을 느꼈지 지나치게 큰 소리는 귀가 아닌 발로 듣는다는 이야기가 있다 기타리스트가 허리를 젖히고 미간을 찡긋거릴 때마다 어쩐지 위장이 뒤집히는 느낌이었고

발끝으로
둥둥거리는
소리가
심장으로 옮겨 와

누군가 네 심장을 주물럭거리는 느낌이었지 씻지 않은 손으로 심장을 주물거리는 그것의 존재를 너는 이미 알고 있었다 식은땀이 났고 그들은 네가 가장 좋아하는 곡을 연주하지 않았어

너에게 어울리는 장소는 차라리 동굴이었다

어두운 방으로 돌아온 너는 헤드폰을 끼고 인간이 들을 수 없는 주파수로 연주를 시작했지 어둠을 연주하고 혼자를 연주했지 네가 될 수 있는 것은 차라리 한 덩어

리의 돌이었어

  눈이 없는 돌
  오로지 귀만 있는 돌

  소리로 앞을 보며 보지 않으며 오로지 소리로 동굴을
인식하며 너는 천장에 붙어 있는 록밴드의 포스터를 모
두 찢어버리고 싶었고

  그때 네가 들은 것은 어린 영혼의 잡음
  [……]

  오로지 소리로 존재하는 시간 동안
  너에게 반사되어 온 것은 내면의 파동이었지
  네 심장을 움켜쥐고 있는 시선 누구보다 너를 잘 아
는 너의 시선 너를 놓아주지 않는 너의 속 너의 안 너의
방 너의 내면이
  반사되어 너에게 돌아오는 시간 동안

  너는 어둠을 견뎌야 했지 부드러운 손아귀를 견뎌야
했지 그토록 태워버리고 싶던 이 세상에서 모든 빛이 꺼
질 때까지 불 지르고 싶던 네 마음이 사라지는 순간까지
                                        —「Nirvana」부분

이데아와 그것의 환영에 관한 플라톤의 유명한 동굴 비유를 떠올리며 이 시를 읽어보면 어떨까. 자신의 등 뒤에 있는 본질 세계의 이데아를 볼 수 없는 동굴에 묶인 죄수들은 눈앞의 동굴 벽에 비친 그림자를 진짜 세계로 착각하는 어리석은 자들이다. 횃불에 비친 그림자 또한 동굴 밖 세계의 모방품에 불과하다는 것 역시 알지 못한다. 자신들이 보고 있는 것이 가짜 세계일 뿐이라는 사실을 깨닫기 위해서 그들은 등 뒤의 횃불을 마주 볼 용기, 나아가 동굴 밖의 세계로 탈출을 감행할 의지를 지녀야 한다. 모든 것을 스스로 감각하고 사유할 수 있도록 이성의 힘에 눈을 떠야 하는 것이다. 플라톤의 이러한 비유는 물론 이데아의 세계를 육안으로는 볼 수 없다는 점을 시사한다. 그런데 만약 동굴에 묶인 죄수들이 눈이라는 감각 이외에 소리에도 집중했다면 어땠을까. 어쩌면 눈에 보이는 것보다 귀로 듣는 것이 더 진짜에 가깝다는 것을 알았더라면 말이다.

작은 공연장으로 록밴드의 공연을 보러 갔던 '너'는 "심장을 주물럭거리는 느낌"의 소리를 참을 수가 없다. 동굴 같은 어두운 방으로 돌아온 '너'는 "눈이 없는 돌/오로지 귀만 있는 돌"이 되어 직접 연주를 시작한다. 마치 플라톤의 동굴 속 죄수들이 동굴 밖 세계의 모방에 불과한 형상들을 없애는 상상을 하듯, '너'는 천장에 붙은 록밴드의 포스터를 모두 찢어버리고 싶은 마음으로 고독한 연주를 시작한다. 그것은 "어둠을 연주하고 혼자를 연주"하는 것이며, "오로지 소리로 동굴을 인식하"는 행위가 된다. "오로지 소리로 존재하는 시간 동안" "네가 들은 것은 어린 영혼의 잠음"이자 "내면의 파동이"다. 그것은 누군가가 심장을 주물거리는 느낌이 아니라, 오로지 '너'가 만든 소리가 "너에게 반사되어 온 것"일 뿐이다. 어린 영혼의 소리를 듣는 방법은, 그러니까 영혼의 소리에 다가가는 방법은 결국 "누구보다 너를 잘 아는 너의 시선 너를 놓아주지 않는 너의 속 너의 안 너의 방 너의 내면"에 집중하는 것뿐이라고 시인은 말한다. 그가 말하는 '영혼'은 빈방에 홀로 있는 '나' 자신이다. 그것은 온전히 자신에게만 집중하는 "서러움과/아득함"의 시간 속에서만 감각되는 것이다. 그리고 그것은 자랑스러운 슬픔의 원천이자 삶의 동반자이다. "슬픔이 잦은 나를 위해 매일 밤 침대에 눕고 서러운 명상에 젖어 나를 안아"주는 '내 여자친구'(「내 여자친구를 소개합니다」)이다. 그녀가 혹은 그녀를 쓰지 않을 도리는 없는 것이다.

*

영혼의 결핍을 느끼는 유선혜 시의 화자들은 대체로 고독하고 슬프다. 그러나 시집 곳곳에서 이러한 고독과 슬품을 일상적으로 공유하는 '우리'의 관계가 두드러지기도 한다. "우리는 새집으로 이사 올 때 빨간 화분 하나를 샀다"라는 문장으로 시작하는 「흑백 방의 메리」에는 "일상의 방법"들을 잊어버리곤 하다가 마침내 "나에게 말을 거는 방법을 잊어버리게" 된 '너'를 대신해서 '우리'의 기억과 목소리와 균열마저도 차곡차곡 쌓아가고 있는 '메리'라는 이름의 화분이 등장한다. "방으로 돌아오는 그 좁은 골목을 기억하지 못하"는 '너'가 결국 돌아오게 될지 '나'는 알 수 없지만, 무성하게 자란 메리는 '너'가 돌아올 창문 밖 풍경을 잘 보이지 않게 가려주면서 '나'를 위로하고 '우리'를 지켜준다. 사랑이 결국 이별로 끝나는 과정을, 즉 하나로 시작했던 '우리'가 둘로 헤어지게 되는 과정을 잔잔하게 보여주는 시라고 할 수 있을 것이다. '우리'의 사랑을 잊지 않고 기억해줄 존재가 메리뿐이라는 사실은 그 사랑이 외로웠을 것이라는 점을 짐작하게 한다. 「마주 보지 않고」에는 서로의 말을 오해하지 않기 위해 "정해진 방향으로만 서로를 바라보"는 '우리'가 등장하고, 「그게 우리의 임무지」에서는 "서로를 흐린 눈으로 바라보"아도 "기어이 이어지고 마는 마음이 있다는" 다짐 같은 말들이 씌어지기도 한다. 열렬히 사랑하기보다는 관계를 망가뜨리지 않는 것이 최선의 목표인 듯 이들은 내내 조심스럽다. 그리고 그러한 사랑의 최대치는 "정확히 같은 부분이 고장나야만 이해할 수 있는 슬픔"(「일란성 슬픔 쌍둥이 슬픔」)

일지 모른다고 시인은 말한다.

> 그때 우리가 가진 가장 비싼 물건이었을 거야
> 소음을 흘리는 냉장고도 세탁기도
> 출력이 낮은 전자레인지도
> 모두 우리의 것이 아니었으니
>
> 전원을 켜면 벽지에 투영되던 온 우주
> 우리는 비율이 엉망인 칵테일을 나눠 마시며
> 직사각형 우주 아래 누워 있었다
> 무너져 내릴 것 같은 천구 아래에
>
> 여기서 가장 가까운 별이 뭐야?
>
> 알파센타우리,
> 사람과 말이 섞인 켄타우루스자리의 별이야
> 잡종의 별자리에서 가장 밝은 별
>
> 인간이 아닌 것들의 사랑
> 다리가 네 개인 것과 날개가 두 개인 것이 섞여서
> 천장에 처박혀 빛나던 그때
> 별자리의 뒷모습을 외우는 너의 무용한 노력이 좋았고

[······]

쓸모없는 것들만 사랑하는 너를 사랑하는 나와
자꾸만 절뚝이는 반쪽짜리 나를 사랑하는 네가
섞여 들어갈 수만 있다면
우리가 낳은 것이 괴물이라 해도 좋아, 속삭일 때

그 순간마다 불규칙하게 흐르던 유성의 궤적

아마도 우리가 잡종의 별자리가 될 수 있을 거야

약간 느끼한 대사였지만
허무하게 반짝이는 맹신은 그때 우리가 나눠 가진
가장 값진 것

[······]

우리는 무너졌고 엉터리였고
지구와 가장 가까운 별은 사실 태양이었다
우리가 기대 있던 때에는 절대 뜨지 않던
낮의 얼굴

　　　　　　　　　　　　　　　　　　　—「잡종의 별자리」부분

가난한 연인이 등장하는 시이다. 이 시는 "방구석에서는 조립형 서랍장이 쓰러져가고/내가 싸구려 보드카와 오렌지주스를 종이컵에 섞는 동안/장롱 밑을 뒤져 무언가를 꺼내는 너의 뒷모습"이라는 구절로 시작한다. '너'가 꺼내는 것은 "26만 7천3백 원"짜리 "홈스타 플라네타륨"이다. 깜깜한 천장에 천체의 형상을 쏘아주는 기계이다. 이들은 싸구려 칵테일을 마시며 어두운 벽에 투영된 천체, 즉 "직사각형 우주"를 바라보며 함께 누워 있다. 그 수많은 별의 향연 속에서 이들이 바라보고 있는 것은 반인반수의 모습을 한 켄타우루스자리이다. 그 반인반수는 기괴한 모양을 하고 있을지언정 현실과 아주 멀리 떨어진 하늘에서는 예쁜 별이 되어 반짝인다. 그런데 '우리'의 눈에 비친 반인반수의 별자리가 마냥 아름다울 수만은 없다. 자신들의 모습을 되비추는 환영으로 보이기 때문이다. 좁은 방구석에 누워 '우리'를 현실과는 다르게 반짝이는 것으로 되비추는 듯한 천장의 별자리를 바로 보고 있는 그 시간은, "허무하게 반짝이는 맹신"이 건네는 서글픈 위로의 시간이라고 할 수 있다.

"다리가 네 개인 것과 날개가 두 개인 것"들이 섞여 있는, 즉 "인간이 아닌 것들의 사랑"이 화려하게 펼쳐지는 "잡종의 별자리"들 중에서도 가장 밝게 빛나는 것이 켄타우루스자리이지만, '우리'에게는 그 반짝임이 "허무"한 것으로 보일 수밖에 없다. '우리' 곁에는 "태양"이 없기 때문이다. 해가 없는 곳에서만 반짝이며 존재할 수 있는 별처럼, '우리'의 사랑은 "낮의 얼굴"이 없는 곳에서만 아름다울 수 있다. '우리'는 낮에는 결코 존중받을 수 없는 감춰진 사랑을 하고 있는 것이다. '우리'는 가난하고, "쓸모없는 것들만 사랑하"고, 그런 서로를 사랑할 수밖에 없다. 그래서 '우리'의 사랑은 "자꾸만 절뚝이는 반쪽짜리"이다. 쏟아져 내릴 것 같은 아름다운 별자리들을 바라보며 그것을 "무너져 내릴 것 같은 친구"라고 느낄 수밖에 없는 까닭은, '우리'의 사랑이 "무용한 노력"일 뿐이라는 사실을 모른 척할 수 없기 때문일 것이다. '우리'의 사랑은 마치 "인간이 아닌 것들의 사랑"과 같고, 별자리를 바라볼수록 '우리'에게는 "상흔이 남"는다. 가장 가까운 별을 찾고 싶었지만 그것이 결국 '우리'에게는 "절대 뜨지 않던" 태양이었다는 사실을 확인하는 순간은 아프고 슬프다. 이들에게 필요한 것은 태양을 찾아 밤의 방 안에서 낮의 방 밖으로 나가는 용기일까. 서로가 서로에게 "낮의 얼굴"이 되어줄 수는 없을까. "우리가 낳은 것이 괴물이라 해도 좋아"라는 맹신이 진정한 믿음이 될 수는 없을까.

우리는 정작 이들의 사랑이 이토록 외롭고 서글픈 이유가 무엇 때문인지 알 수 없다. "비극은 주인공의 성격적 결함에서 비롯된다고 누가 그랬습니다. 유전적 결함에 의한 도태는 비극의 일종으로 인정될 수 없다는 뜻이죠"라는 시인의 언급은 이들의 비극이 납득할 수 없는 이유의 고통 자체라는 것을 은연중 의미한다. 애인이 사는 원룸의 창문 밖으로 모텔에서 나오는 연인들의 풍경을 내다보며 "그러니까 생존은 아름다운 것이 아니다"(「원룸에서 추는 춤」)라는 문장을 떠올리는 '나'에게 삶이, 사랑과 청춘이 그 자체로 아름다운 것이라 말할 수는 없다. 그래서 다음과 같은 마음도 가능해지는 것인지 모르겠다. "우리의 아이는 혼자서 낳고 싶다"는 마음 말이다.

우리를 위한 집은 이 세상에 없나 봐. 부동산 사장님을 따라 골목길을 오르면서 네가 속삭인다. 장난스러운 표정과 목덜미를 따라 번쩍이는 땀, 낮이 너무할 정도로 밝다.

은사님이 보내주신 밍밍한 사과즙
조각 얼음을 띄운 난꽃 향의 냉침 차
빛이 약하게 드는 테라스에서
너와 나눠 먹는 싱거운 미래
그런 건 없나 봐

우리의 미래 따위

집을 둘러보다 가장 안쪽의 방을 보며 너는 말한다. 여기는 아이의 방으로 하자. 천장에는 야광 별을 잔뜩

붙이고 나비 모양 모빌도 달자. 네가 웃으며 엉망으로
자란 머리카락을 쓸어 넘긴다. 이제 그만 잘라버리라고
핀잔을 주고 싶지만

　꾹 참는 마음
　주무르지 않으려는 다짐
　무섭도록 자라는 영귤나무
　빛을 받지 못해 마르는
　맨 아래쪽의 열매
　가지치기를 미루며
　우리를
　방치하는
　나날

　그래, 그러자. 커다란 판다 인형도 사자. 대답을 하고
화장실의 수도꼭지를 틀어보며 수압을 체크한다. 이 집
은 남향이고 벌레가 나올 것 같지도 않다. 하지만 세면
대 옆 실리콘에 곰팡이가 너무 많은걸……

　모든 곰팡이의 공통점은 습기가 있어야 살아갈 수 있
다는 것이다. 녹차가 든 잔이 넘어지고 온 집 안으로 물
기가 흘러 들어간다. 원래부터 축축했는지 그저 잔을
넘어뜨린 한 번의 실수 때문에 온통 젖어버린 건지 알

수 없어지고 나는 알려고 하지도 않는다. 유채꽃밭을 산책하느라 진흙이 묻은 장화를 널어놓은 화장실까지 온통 잠기고 곰팡이들은 포자를 뿌린다. 유성생식은 그런 징그러운 방식으로 이루어지고, 낳고, 태어나고, 자라고, 나는 변기 옆에 쪼그려 앉아 타일 사이사이의 검은 자국들을 박박 문질러 닦는다. 너는 자꾸만 발자국을 남기고 곰팡이는 자라나고 우리의 미래는 끈끈하게 퍼져서 지워지지 않는다.

그래, 우리의 아이는 혼자서 낳고 싶다.

이 집이 완벽했다 하더라도 더 좁은 오르막길을 거쳐 다음 집을 보러 가야만 한다. 우리는 세상의 시세를 감당할 수 없으니까. 너는 내 손을 잡는다. 우리의 미래는 뛰어놀 거실이 없다.

　　　　　　　　　　　　　　　──「우리의 아이는 혼자서 낳고 싶다」 전문

인간의 가장 큰 고통은 현재의 견딜 수 없는 불행이 아니라 지금보다 더 나은 미래를 전혀 기대할 수 없다는 절망으로부터 온다. "우리를 위한 집"을 찾고 있지만 언제까지나 "더 좁은 오르막길을 거쳐 다음 집을 보러 가야만 한다"고 말하는 위 시의 연인이 그렇지 않을까. 오죽하면 "우리의 아이는 혼자서 낳고 싶다"라는 이상한 말을 내뱉고 있을까. 이는 "우리의 미래는 뛰어놀 거실이 없"기 때문이다. 테라스에서 "밍밍한 사과즙"과 "난꽃 향의 냉침차"를 나눠 먹는 보통의 "싱거운 미래"도 '우리'에게는 기대하기 힘든 장면이다. "천장에는 야광 별"이 잔뜩 붙어 있고 "나비 모양 모빌도 달"린 익숙한 아이 방의 풍경도 함부로 약속할 수 없다. 테라스에서 함께 차를 마시는 상상은 그 잔이 넘어져 온 집 안 구석구석으로 물기가 흘러 들어가 곰팡이가 징그럽게 퍼져버리는 상상으로 이어진다. '우리'의 미래는 왜 이렇게 비관적일까. "원래부터 축축했는지 그저 잔을 넘어뜨린 한 번의 실수 때문"인지 알 수 없다고 '나'는 말한다. 여기서 다시 한번 질문이 가능하다. 이러한 '우리'의 비극은 '성격적 결함'일까, '유전적 결함'일까. 필연적인 것일까, 아닐까. 원인은 어디에 있는가.

"우리의 아이는 혼자서 낳고 싶다"라는 애매한 문장은 불가능에 가까운 기대를 담고 있다. 아이를 혼자서 낳는 것은 불가능하지 않지만, '우리의 아이'를 혼자서 낳기란 어렵다. 낙담만 하고 싶지는 않지만 낙관하기 어려운 상황이기 때문에 '우리'는 계속해서 "다음 집을 보러 가야만 한다". 현재의 '우리'는 "세상의 시세를 감당할 수 없"고 미래의 '우리'에게도 "뛰어놀 거실이 없"지만, 그래도 "너는 내 손을 잡는다". '우리의 아이'를 함께 낳지 못하고 '우리'가 만들게 되는 것이 징그럽게 퍼지는 곰팡이일지언정 '우리'는 함께 "다음 집을" 향해 계속 걸을 수밖에 없다.

어쩌면 손을 잡고 함께 걷는 그 길 자체가 "싱거운 미래" 보다 훨씬 더 충만한 기쁨이라는 것을 걷는 동안은 내내 알 수 없겠지만, '우리'는 계속 걷고자 한다. 미래는 누구 에게나 싱겁고 실망스럽다. 그 사실을 결코 알지 못한 채 로 청춘의 문장이 씌어질 뿐이다.

*

그렇다면 "사랑과 멸종을 바꿔 읽어보"라고 주문하는 유선혜는 지금 '우리'가 나누고 있는 사랑의 충만함을 알 고 있을까. 시인이 권유하는 방식대로 다음의 구절을 읽 으며 이 글을 마무리해본다.

어젯밤 우리는 슬픈 동물이었고 울었고 껴안았고 두 드렸고
우리가 인간이었으면 했고 인간이 아니었으면 했고
짐승의 **멸종**에는 **사랑**이 필요했고
다가오는 운석에 무슨 이름을 붙일지 고민하면서
그게 아픈 감정의 이름과는 똑같지 않았으면 좋겠다
이런 말을 나누면서

[……]

우리가 **사랑**을 나누는 순간에 운석은 다가오고 우리
들은 어떤 방식으로 완벽하게 침묵할 것인지 어젯밤 우
리가 나누던 말들의 경계가 희미해지고 우리의 언어는
멸종에 관한 것이었는지 **사랑**에 관한 것이었는지

폭발할 때 가장 빛나는 것
말 단어 대화 목소리들
　　　　　　　　—「사랑과 멸종을 바꿔 읽어보십시오」 부분

　지금 이 순간이 다시는 오지 않을 듯이, 멸종을 눈앞에
둔 마음으로 "슬픈 동물"처럼 사랑하는 '우리'가 함께 손
을 잡고 계속 다음을 향해 걸어보자는 '우리'이기도 할 때,
미래의 고통은 오늘의 기쁨으로 견뎌질 수 있을 것이다.
오늘의 고통이 미래의 기쁨을 예비한다는 말은 틀렸다.
사랑의 한복판에, 빛나는 청춘의 시절 그리고 "우리가 나
누던 말들" 속에 유예가 허락된 기쁨은 없다. "폭발할 때
가장 빛나는 것". 유선혜의 시가 열심히 확인하고자 하는
것은 예측할 수 없는 미래가 아니라 불안과 고통과 사랑
속에 충만한 현재가 아닐까. 사랑과 멸종을 바꿔 읽어보
자. 아니, 멸종을 사랑으로 바꿔 읽어보자.